LES

PAPILLONS

LES
PAPILLONS
2ME PARTIE

LES

PAPILLONS

MÉTAMORPHOSES TERRESTRES

DES PEUPLES DE L'AIR

PAR AMÉDÉE VARIN

TEXTE

PAR EUG. NUS ET ANTONY MERAY

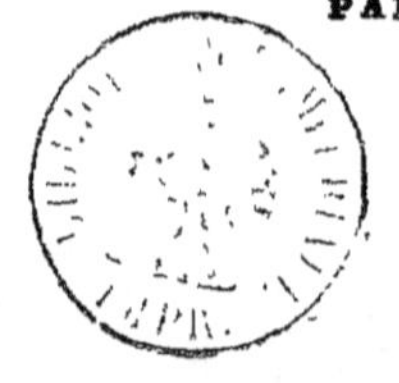

TOME SECOND

PARIS

GABRIEL DE GONET, EDITEUR

6, RUE DES BEAUX-ARTS, 6

AVENTURE

D'UNE

GUÊPE ET D'UN FRÊLON

Xylocope. — Frelon

La veuve sortit avec Du Frelon.

PAPILLONS

MÉTAMORPHOSES TERRESTRES

DES PEUPLES DE L'AIR

DEUXIÈME PARTIE

AVENTURES D'UNE GUÊPE ET D'UN FRÊLON

Depuis que la princesse Ginebra, retenue au lit par la fièvre, avait interrompu ses récits quotidiens, Cazotte paraissait soucieux, méditatif. Aussitôt qu'il pouvait s'échapper du château, il se promenait seul, à l'écart, dans la campagne. Le soir, il se retirait dans sa chambre située au-dessus de l'appartement occupé par madame de La Croix, et celle-ci l'entendait marcher longtemps à pas lents, au-dessus de sa tête.

Aussitôt que le jour avait paru, Cazotte descendait, et recommençait ses pérégrinations à travers champs.

La marquise lui ayant demandé la cause de ses incessantes préoccupations, Cazotte lui répondit :

— Je cherche.

Un matin, avant déjeûner, Cazotte dit d'un air triomphant à son amie :

— J'ai trouvé.

Madame de La Croix l'interrogeant du regard, il sourit et répondit à cette question :

— Vous le saurez aujourd'hui même.

La dame aux papillons, faible encore, mais en pleine convalescence, recommençait à se promener avec ses amis.

Après le repas, Cazotte proposa aux deux dames une promenade dans le bois d'oliviers. Il fit asseoir ses compagnes sur un banc de mousse émaillé de fleurs, autour desquelles voltigeaient une foule de papillons et d'insectes.

Les deux dames et Cazotte lui-même suivaient depuis quelque temps avec curiosité les manœuvres d'un gros frêlon qui semblait s'acharner à la poursuite d'un argus, et bien déterminé à empêcher le pauvre papillon de prendre son repas du matin dans le calice des fleurs encore humides de l'abondante rosée du midi.

Chaque fois que l'argus, atteignant une corolle, commençait à plonger sa trompe dans le doux réservoir de miel, le frêlon arrivait, avec son bourdonnement sinistre, et forçait l'argus d'aller chercher sa nourriture sucrée sur d'autres fleurs, d'où son implacable ennemi venait le chasser encore.

Désespéré de cette opiniâtre poursuite, l'argus s'élança dans les airs et disparut un moment. Le frêlon, satisfait de sa victoire, renonça à le pourchasser davantage, et sembla concentrer toute son attention sur une petite guêpe fine et luisante qui, par un bizarre caprice, s'était placée sur le dos d'un gros scarabée noir de la famille des xylocopes, et tâchait de percer la pauvre bête de son dard.

Bien que préservé par son impénétrable armure, le xylocope faisait des efforts inouïs pour se débarrasser de la guêpe. Absorbé sans doute par l'intérêt qu'il prenait à cette lutte, le frêlon ne remarquait pas que l'argus était revenu se poser tout près de là sur un églantier où il achevait son déjeûner interrompu.

Ginebra et la marquise contemplaient cette petite scène avec une telle attention, qu'elles ne virent pas Cazotte tirer de sa poche un lorgnon avec lequel il examina les quatre insectes. Mais bientôt une exclamation poussée par le poëte leur fit tourner la tête.

— Qu'avez-vous? s'écria la marquise.

Pour toute réponse, Cazotte lui montra du doigt le frêlon, l'argus, la guêpe et le xylocope, et lui tendit son lorgnon.

La marquise approcha le verre de ses yeux et jeta bientôt un cri d'étonnement plus prononcé encore que celui de Cazotte, après quoi elle tendit le petit instrument à la dame aux papillons qui se récria à son tour.

A travers le lorgnon, elles ne voyaient plus de xylocope ni

de guêpe, mais une grosse matrone vêtue de noir, et une petite soubrette vive, décolletée, à l'air hardi, à l'œil malin.

Quant au frêlon et à l'argus, ils apparaissaient sous la forme de deux jeunes hommes d'une figure agréable, mais bizarrement accoutrés. Au lieu des couleurs variées et brillantes adoptées jusqu'alors par le bon goût des modes françaises, le costume de ces deux hommes était uniformément noir, et de formes plus laides encore que cette triste couleur.

Leurs jambes étaient emprisonnées dans deux tuyaux de drap qui en dissimulaient soigneusement les défauts et les avantages; une veste étroite et étriquée, à longs pans disgracieux, serrait hermétiquement leur taille. Par-dessus cette veste, un large sac à manches les enveloppait jusqu'aux genoux.

Ajoutez à cela un mouchoir de soie qui leur serrait le cou, un morceau de toile empesée qui cerclait le bas de leur figure, et par-dessus tout cela, en guise de chapeau, un affreux cylindre noir juché sur leur tête.

Cet horrible tuyau, surmontant ce ridicule accoutrement, faisait un effet si grotesque, que les deux dames éclatèrent de rire.

— Je vois ce qui vous amuse, dit Cazotte en riant comme elles; c'est le costume de nos deux héros; voilà pourtant, mesdames, la dernière expression de la mode française, telle qu'elle fleurira dans quelques soixante ans, sous l'influence des divers progrès dont l'humanité de cette époque-là se croira le droit de s'enorgueillir. Par une loi de métempsycose bien naturelle, que je vous expliquerai plus tard, et dont j'ai enfin arraché le secret au génie familier qui, cette nuit, m'a remis ce lorgnon fabriqué exprès pour moi d'un cristal merveilleux que les mortels n'ont pas trouvé encore, ce papillon, cette guêpe, ce frêlon et *cette* xylocope que vous voyez là, deviendront des êtres humains.....

— En vérité, s'écria Ginebra.

— En toute vérité, madame, vous pouvez m'en croire sur parole. Je puis même vous raconter, par anticipation, les principaux événements de leur vie future, tels qu'ils sont écrits dans le grand livre des destins.

— Oh! faites-nous ce récit, cher Cazotte, dit la marquise.

— Avec plaisir, fit Cazotte; j'ai encore quelques renseignements à prendre, et ce soir je serai prêt à satisfaire votre curiosité.

Le soir, après souper, quand on fut au salon, Cazotte fut sommé de tenir sa promesse.

— Je commence, dit le magicien poëte; mais je vous préviens que je vous narrerai ces événements futurs comme s'ils étaient accomplis déjà; tels enfin que je les ai lus moi-même dans le grand livre dont je vous ai parlé; car les augustes rédacteurs de ce registre universel n'emploient pas d'autre forme.

— Pourquoi cela? fit la marquise.

— J'ai oublié de le leur demander, répondit Cazotte.

— Nous vous écoutons, dit Ginebra.

— M'y voici, répliqua le poëte.

« Anastasie Robillard, femme Simonnot.....

— Pouah! quels noms bourgeois, s'écria la marquise.

— Que voulez-vous, chère marquise, dit Cazotte, je fais comme madame la princesse, je prends mes héros où je les trouve. Du reste, à l'époque où vivront mes personnages, il y aura longtemps déjà que la bourgeoisie aura supplanté la noblesse, et les *Robillard,* les *Simonnot,* les *Ducantal* et les *Moutonnet* seront annoncés dans le palais des rois de France avec autant de fracas que le sont aujourd'hui les Montmorency et les Rohan. — Mais je continue :

« Anastasie Robillard, femme Simonnot, devenue veuve à cinquante-cinq ans sonnés, et riche de soixante mille livres de rente amassées sou à sou par feu Simonnot, en grivelant sur le pain des soldats français dont il était fournisseur, était une grosse femme brune, à moustaches, carrée, trapue, mais alerte encore.

Elle habitait le premier étage d'une maison dont elle était propriétaire, dans la rue des Deux-Ecus, sans autre compagnie qu'une cuisinière et une femme de chambre.

Nous ne dirons rien de la cuisinière, si ce n'est qu'elle s'appelait Françoise.

Quant à la femme de chambre récemment admise au service de la veuve Simonnot, c'était une petite Picarde, vive, délurée, à la taille de guêpe, à la langue d'aspic, fringante, curieuse, sournoise, bavarde, et bien plus disposée à commettre le mal qu'à faire le bien. Cette jeune diablesse avait nom Rosalie. Ayant été guêpe autrefois, elle en avait conservé les allures et le caractère.

Il n'avait fallu qu'un coup d'œil à Rosalie pour se prendre

tout à coup d'une riche aversion contre sa maîtresse. Cette haine ne semblera pas trop étrange, quand on saura qu'Anastasie avait été xylocope avant de s'incorporer dans la famille des Robillard, et que Rosalie, dans le temps où sa méchante petite âme habitait le corps d'une guêpe, avait en horreur profonde ces insectes noirs, et s'acharnait sur eux en toute occasion. Ceci prouve que les mauvais instincts et les funestes habitudes sont bien difficiles à déraciner.

Mais la rusée coquine dissimulait avec soin ses affreux sentiments sous le voile de la complaisance la plus empressée et du dévouement le plus absolu.

Par ses habiles flatteries, elle avait completement séduit sa maîtresse, qui se croyait une femme superbe, minaudait volontiers avec les jeunes gens, et buvait du vinaigre pour amincir sa taille.

Anastasie avait un amour dans le cœur et en entretenait souvent sa camériste qui pourtant ne connaissait pas l'objet de cette tendre passion; car, depuis trois mois, Du Ferlon, c'est le nom du quidam, était absent de Paris. Il devait revenir sous quelques jours, au grand dépit de Louis Robillard, neveu d'Anastasie, jeune littérateur plein d'avenir, attaché pour le moment à la rédaction de *l'Argus*, journal éminemment artistique.

Louis Robillard détestait Du Ferlon, sans soupçonner cependant qu'il fût si avant dans les bonnes grâces de sa tante; mais il flairait en lui le chevalier d'industrie déterminé à lui disputer l'héritage de la veuve Simonnot, et cette crainte suffisait pour exciter sa colère.

Robillard, pour mortifier son ennemi, affectait souvent d'estropier son nom, et l'appelait *le Frêlon*, par une allusion trop transparente à la position douteuse et aux projets parasites de l'intrigant; en revanche, celui-ci, pour se venger de la surveillance opiniâtre et parfois incommode du jeune littérateur, affectait de personnifier en lui le journal qu'il rédigeait, et l'appelait *l'Argus*.

Ainsi, par un singulier hasard, ces deux hommes se donnaient réciproquement les noms qui leur appartenaient jadis, lorsqu'ils s'étaient rencontrés dans une de leurs existences primitives, à l'un des plus infimes degrés de l'échelle des êtres.

Un jour que madame Simonnot était sortie sans Rosalie, celle-ci vit entrer dans le salon un grand gaillard à la mine hardie dont l'aspect faillit la faire tomber à la renverse.

— Chrysostôme ! s'écria-t-elle.

— Rosalie ! s'écria de son côté Du Ferlon.

Du Ferlon avait été autrefois le séducteur de Rosalie, qui ne le connaissait que sous le nom de Chrysostôme. Il lui avait promis le mariage, et l'avait abandonnée, comme cela s'est fait de tout temps.

Revenue de sa surprise, Rosalie voulut lui sauter aux yeux. Elle en fut empêchée par l'arrivée de la cuisinière qui s'écria :

— Tiens, vous voilà revenu, M. Du Ferlon !

— Du Ferlon ! fit Rosalie qui devint pâle de rage. Ah ! vous êtes le galant de ma maîtresse. Bien, nous allons rire.

— Rosalie, lui dit Du Ferlon, ne parlons plus du passé;

c'est une misère. Si j'épouse la grosse veuve, il y a quarante mille francs pour toi. Comprends-tu?

Rosalie comprit.

— Eh! bien, comment le trouves-tu? lui demanda madame Simonnot, le soir, tandis que Rosalie lui passait sa camisole.

— Oh! Madame, répondit la soubrette, c'est un bien bel homme... Et puis il a l'air de tant vous aimer!

La fine mouche s'était fait le raisonnement suivant :

— 1° Quarante mille francs sont une somme fort appétissante; 2° si cette grosse Simonnot, que je déteste, épouse ce chenapan de Du Ferlon, elle ne tardera pas à être malheureuse comme les pierres, ce qui me comblera de satisfaction; 3° enfin, une fois Du Ferlon marié, je trouverai bien moyen de le reprendre dans mes filets et de l'aider à faire danser les écus de la veuve.

Du Ferlon se disait de son côté :

— Sois tranquille, guêpe endiablée, dès que je serai l'époux de la mère Simonnot, née Robillard, mon premier soin sera de te mettre à la porte, et, quant à tes quarante mille francs, que le diable me grille quarante mille fois, si tu en vois jamais un sou.

Quant à *l'Argus*, uniquement occupé en apparence des intérêts de son journal artistique, il ne semblait pas se douter le moins du monde des dangers qui menaçaient son héritage. Seulement Rosalie remarquait que, depuis quelque temps, le jeune écrivain rougissait et soupirait tour à tour en la regardant.

— Est-ce que ce rédacteur serait devenu amoureux de moi? se dit-elle.

Cependant les affaires de Du Ferlon marchaient à merveille, grâce aux perfides excitations de la camériste qui s'emparait de plus en plus du faible esprit de dame Simonnot. L'aventurier avait ses grandes et petites entrées dans la maison, et Anastasie lui accordait déjà la permission d'assister aux mystères de sa toilette.

Un jour que Du Ferlon, étendu dans un fauteuil, contemplait le plus amoureusement qu'il lui était possible les charmes massifs de l'ancienne xylocope, que l'ex-guêpe s'efforçait d'emprisonner dans les baleines d'un vaste corset, Louis Robillard parut à la porte.

— Ah! voici ce cher Argus! s'écria Du Ferlon.

— Moi-même, cher Frêlon! répondit le journaliste qui se dit en lui-même, à l'aspect de l'aisance et de l'aplomb de son ennemi :

— Mon héritage est bien compromis; mais cette petite drôlesse de Rosalie peut encore me sauver. Dissimulons!

La veuve sortit avec Du Ferlon, et Robillard, resté seul avec Rosalie, recommença de rougir et de soupirer en la regardant.

— A-t-il l'air godiche! se dit la coquine.

— Ah! Mademoiselle, s'écria enfin Robillard, je suis le plus malheureux des hommes!

— Voyez-vous ça, fit Rosalie en riant.

— Je vois que ma tante est affolée de ce Du Ferlon, et que sa fortune est perdue pour moi.

— Un peu, mon neveu, pensa Rosalie qui était d'une trivialité extrême dans ses à-parte.

— Ne croyez pas que ce soit pour moi que je la regrette, dit Robillard; Dieu merci, je suis au-dessus de cette faiblesse; mais je gémis pour un être avec qui j'aurais voulu la partager.

— Quel être? fit Rosalie.

— Un être, reprit Robillard, que j'adore depuis longtemps, et que j'épouserais avec joie si j'étais assez riche pour lui faire un sort digne d'elle; un ange dont j'admire depuis longtemps les grâces et les vertus, et que je voudrais élever enfin au rang qui appartient à son mérite et à sa beauté, malgré la position infime qu'elle occupe ici.

— Ici! dit la camériste.

— J'en ai trop dit! s'écria Robillard.

— Au contraire! dit Rosalie.

— Vous connaissez maintenant mon amour et mes espérances, poursuivit l'homme de lettres. Je n'avais qu'un rêve jusqu'à ce jour; c'était de vous nommer ma femme; mais, pour vous épouser, je voulais être riche, et la fortune de ma tante va m'échapper. N'en parlons donc plus!

— Bah! parlons-en tout de même! fit Rosalie avec le plus charmant de ses sourires.

— Quoi! s'écria-t-il.

— Ce mariage n'est pas fait encore! reprit-elle, et si vous me promettez de m'épouser...

— Je suis prêt à le signer avec mon sang.

— Votre sang est inutile pour cela. Un peu d'encre suffira, dit la rusée.

Robillard prit une plume et écrivit :

« — Je soussigné, m'engage à épouser le plus tôt possible,
« mademoiselle Rosalie, si ma tante Simonnot n'épouse pas
« le sieur Du Ferlon.

« Louis ROBILLARD, rédacteur de *l'Argus.* »

— C'est bien! dit Rosalie en serrant le papier sous son fichu; allez en paix, et prenez patience!

— Tudieu! pensa le journaliste qui était extrêmement fat, la gaillarde n'est pas dégoûtée. On lui en fournira des maris de mon calibre!

— Ma foi, se dit Rosalie, j'aime mieux ça que les quarante mille francs de Du Ferlon. Un mari dans les lettres, et toute la fortune de la vieille... ça va me faire une position un peu cossue!

Le soir, en aidant sa maîtresse à se mettre au lit, Rosalie poussa de gros soupirs et eut l'air profondément affligée. La veuve Simonnot ne manqua pas de lui demander la cause de son chagrin.

— Ah! Madame, fit la camériste, qu'il y a donc de méchantes langues dans ce bas-monde! Figurez-vous qu'on dit de tous les côtés, parmi vos amis et vos voisins, que M. Du Ferlon n'en veut qu'à votre fortune, et n'a pas le plus petit brin de sentiment pour vous.

— Quelle calomnie! s'écria la veuve. Tu sais bien, Rosalie, que ce pauvre garçon m'adore!

— C'est ce que je me tue de leur répondre, fit Rosalie; mais ils disent comme ça que je suis aussi bête que vous!

— Les insolents! dit madame Simonnot.

— Alors, reprit Rosalie, j'ai pensé qu'il y avait peut-être un moyen de les confondre, et de vous assurer à tout jamais du désintéressement de votre amoureux.

— Quel moyen? dit la vieille.

— Faites croire à tout le monde que vous êtes ruinée! M. du Ferlon s'empressera de vous épouser tout de même, et les cancaniers se rendront à l'évidence.

— Tu as raison! s'écria la veuve, c'est une excellente idée.

Le matin même de ce jour-là, du Ferlon avait fait promettre à la mère Simonnot qu'elle donnerait le surlendemain une soirée à ses amis et connaissances, et leur présenterait officiellement son futur mari.

Il fut convenu entre la veuve et sa femme de chambre que l'on choisirait cette solennité pour tenter l'épreuve qui devait faire éclater à tous les yeux le désintéressement de du Ferlon.

Rosalie eut soin de prévenir Robillard de ce complot machiavélique.

— Ne manquez pas de tirer parti de la situation, lui dit-elle.

— Soyez donc tranquille, répondit Louis Robillard. Un homme qui rédige *l'Argus* depuis cinq ans, et qui a fait un quart de vaudeville au théâtre de Bobino, ne saurait manquer de présence d'esprit dans une pareille circonstance.

— Et vous m'épouserez? fit la soubrette.

— Le plus tôt possible, dit le littérateur; n'avez-vous pas ma signature?

Cette soirée mémorable arriva enfin; madame Simonnot avait convoqué le ban et l'arrière-ban de ses amis.

Il y avait un piano tenu par un élève du Conservatoire pour faire danser les demoiselles, du punch et des tables de jeu pour les papas, de l'orgeat et des gâteaux pour les mamans.

— Messieurs, mesdames et chers amis, dit la grosse Anastasie, quand tout le monde fut assis dans le salon, avant de commencer la première contredanse, permettez-moi de vous présenter M. du Ferlon, que vous connaissez déjà, et qui va devenir mon époux.

Il y eut un frémissement dans toute l'assemblée; la mère Simonnot, dont une rougeur pudique couvrait les joues, fit le tour de la salle en tenant du Ferlon par la main, ainsi qu'elle avait vu la chose se pratiquer dans les opéras comiques.

On entendit bien par-ci par-là quelques ricanements étouffés; mais en somme, la veuve et son prétendu furent comblés de félicitations.

Louis Robillard lui-même s'avança gravement vers le couple :

— Mon cher oncle futur, dit-il à du Ferlon, souffrez que je vous serre la main.

— Avec plaisir, mon neveu, répondit du Ferlon, qui rayonnait de joie et d'orgueil.

La tante Anastasie fut sensiblement touchée de la magnanimité de l'homme de lettres.

— C'est bien, mon garçon, lui dit-elle, je suis contente de toi. Sois tranquille, je trouverai moyen de te dédommager un peu; tu sais ce que dit le proverbe : « Quand il y en a pour deux, il y en a pour trois. »

— C'est ce que nous verrons, pensa du Ferlon, qui se proposait depuis longtemps de donner à *l'Argus* un congé définitif, aussitôt qu'il serait le maître et seigneur du logis.

Debout sur le seuil de la porte, Rosalie n'avait pas perdu un seul mot, un seul mouvement de cette scène. La coquine souriait malicieusement.

— Nous allons rire, se disait-elle.

— Allons, messieurs, mesdames et chers amis! s'écria la veuve Simonnot, en place pour la contredanse!

L'élève du Conservatoire préluda par quelques accords, et les cavaliers, munis de leurs danseuses, se placèrent en face les uns des autres.

Anastasie ouvrit le bal avec du Ferlon; Robillard fit vis-à-vis à son oncle futur.

Sur le coup de minuit, entre une polka et un quadrille, Rosalie entra tout à coup, l'air extrêmement affairé.

— Madame! madame! dit-elle...

— Qu'est-ce donc, Rosalie?

— C'est une lettre très-pressée qu'un commissionnaire vient d'apporter à l'instant.

— Une lettre à une pareille heure! s'écria madame Simonnot. Il faut, en effet, que ce soit quelque chose de très-pressé; donne-moi cette lettre, Rosalie.

Rosalie, jetant un regard expressif sur Robillard, qui, avec une indifférence affectée, entretenait l'élève du Conservatoire sur les progrès de l'art musical, remit la missive à sa maîtresse.

Celle-ci devint pâle en regardant l'adresse.

— C'est de mon notaire! s'écria-t-elle; que peut-il avoir de si urgent à m'annoncer?

— C'est qu'elle a l'air de pâlir pour tout de bon, pensa Robillard; ma grosse tante joue très-bien la comédie. Il faudra que je lui propose l'emploi de duègne à Bobino; je ferai encore un quart de vaudeville pour ses débuts.

Pendant cet *a parte* de son neveu, Anastasie avait ouvert la lettre.

A peine en eût-elle lu les premières lignes, qu'elle poussa un cri et tomba à la renverse.

On s'empressa autour d'elle, et trois des plus robustes invités vinrent à bout de la relever et de la déposer sur un fauteuil.

— Diable! pensa encore Robillard, voici un cri et un évanouissement qui sont de la force de mademoiselle Georges. Ce n'est pas dans le vaudeville, mais bien dans le mélodrame, que ma tante est appelée à faire gémir les planches.

Voyant l'évanouissement de sa maîtresse, Rosalie s'était hâtée de chercher un flacon de vinaigre.

Tandis qu'on promenait ce flacon sous le nez de dame Simonnot, du Ferlon ramassa la lettre du notaire et lut ce qui suit :

« Madame, j'ai la douleur de vous annoncer que le ban-

« quier qui était dépositaire de toute votre fortune, vient de « passer à l'étranger, en laissant un passif de plusieurs mil- « lions. Quant à l'actif, il n'y a absolument rien.

« DUBRIARE, notaire. »

— Ruinée! s'écria Du Ferlon.

— Hélas! oui, dit la veuve; mais votre amour me reste. C'est du moins une consolation.

Du Ferlon ne répondit rien; mais il prit son chapeau, et décampa lestement au milieu de la réprobation universelle.

Alors Louis Robillard s'approcha de sa tante dont la consternation et la fureur ne sauraient se dépeindre.

— Tante Simonnot, lui dit-il, votre neveu ne vous abandonnera pas dans le malheur; je ne possède que ma part dans le journal *l'Argus;* mais je la mets à votre disposition.

— La belle avance! s'écria la veuve; prenez plutôt la diligence, et courez après ce scélérat de banquier. Ah! les monstres d'hommes! balbutia-t-elle, en se pâmant une seconde fois dans les bras de sa femme de chambre.

— Comment! dit Robillard au comble de la surprise, que je coure après le banquier! Il est donc parti?

Par une coïncidence aussi bizarre que malheureuse, la lettre du notaire Dubriare était parfaitement authentique. Rosalie, à qui le concierge venait de l'apporter, s'était trompée de poche, et avait remis à sa maîtresse la missive du notaire, au lieu de la fausse lettre qu'elle avait fabriquée le matin.

La veuve Simonnot était réellement ruinée.

— Ça n'empêche pas que vous m'épouserez tout de même! dit Rosalie à Louis Robillard; j'ai votre signature.

— Je ne m'en dédis pas, répondit le journaliste; j'ai écrit que je vous épouserais le plus tôt possible. Or, comme je me suis marié, il y a six mois, à l'insu de ma tante, il ne me sera possible de vous épouser que quand je serai veuf. Si vous voulez attendre jusque-là, permis à vous.

La veuve Simonnot réunit ses dernières ressources et acheta un fonds de marchande de légumes; commerce auquel la nature l'avait évidemment prédestinée.

Louis Robillard se livra de plus en plus à la rédaction du journal *l'Argus*, dont la liste d'abonnés ne s'accrut pas d'une manière sensible.

Quant à Rosalie, elle résolut de ne plus consumer ses beaux jours au service de ses semblables.

Riche de quinze cents francs environ, provenant tant de ses gages que de ses petites friponneries, elle alla s'installer dans un hôtel de la rue des Vieux-Augustins, sous le pseudonyme de madame de Saint-Évremond, fille d'un colonel de la grande armée, et veuve d'un officier mort en Espagne au service de don Carlos.

La fine mouche comptait avec raison sur l'auréole dont devaient l'entourer ces antécédents militaires. Au bout d'un mois, elle avait déjà trois poursuivants à sa suite: un vieux notaire retiré, un riche marchand de châles de la rue du Sentier, qui passait à Mabille et aux Frères-Provençaux les instants de loisir que lui laissait son commerce, et un jeune capitaine polonais réfugié en France, après avoir vainement tenté d'arracher sa patrie aux griffes du czar.

Rosalie mena résolument de front ces trois galants.

Bientôt, sur les instances du riche marchand et du vieux notaire, elle loua un charmant entresol dans la Chaussée-d'Antin, et fit l'acquisition d'une servante berrichonne aussi rusée que sa maîtresse et d'une discrétion à toute épreuve.

Alors elle coula des jours tissus d'or et de soie, des jours tels qu'en ont quelquefois les guêpes de ce bas monde, au détriment des abeilles.

Pendant ce temps, la veuve Simonnot débitait des salades, et Louis Robillard continuait de rédiger des articles artistiques dans le journal *l'Argus*, à qui la boutique de la fruitière offrait un débouché nouveau.

Mais bientôt ce débouché manqua à *l'Argus*. La veuve Simonnot mangea son fonds, et fut réduite à se faire portière.

Par le crédit du curé de sa paroisse, elle obtint un cordon dans une petite maison de la Chaussée-d'Antin.

Or cette maison était précisément celle qu'habitait madame de Saint-Évremond, autrefois nommée Rosalie.

La première fois qu'Anastasie se trouva en face de son ancienne femme de chambre qui descendait leste et pimpante de son entresol, au bras du capitaine polonais, elle faillit tomber à la renverse.

— Tiens, s'écria la guêpe, non moins surprise que la veuve, c'est la mère Simonnot. Ça va bien, mère Simonnot?

L'infortunée portière ne trouva pas une syllabe à répondre,

et la veuve de l'officier mort au service de don Carlos passa fièrement devant son ex-maîtresse, en criant de sa petite voix perçante :

— Le cordon, s'il vous plaît!

Dans le premier moment de son humiliation et de son désespoir, la mère Simonnot se demanda si elle ne se pendrait pas au cordon de sa porte-cochère. Mais elle réfléchit qu'il valait mieux vivre pour la vengeance.

Elle se résigna donc à végéter dans sa loge, en compagnie d'un serin qui charmait ses ennuis, et se mit à observer les faits et gestes de madame de Saint-Évremond.

Rosalie, qui ne se doutait pas le moins du monde des projets ténébreux de la vieille, ne manquait pas de l'écraser, chaque fois qu'elle passait auprès d'elle, du frou-frou de sa robe de soie accompagné d'un regard démoniaque, et de crier, même quand la porte était ouverte :

— Mère Simonnot, le cordon s'il vous plaît!

La mère Simonnot amassait silencieusement des trésors de colère.

Elle confia ses chagrins et ses désirs de vengeance à son neveu Louis Robillard.

— Ma tante, dit l'homme de lettres, après avoir réfléchi quelques instants, j'ai besoin de 5 francs pour élever ma famille; prêtez-moi cette somme, et je vous vengerai.

La mère Simonnot mit un mois à économiser cent sous sur ses déjeuners, en mangeant de la panade au lieu de son chocolat habituel. Il fallait qu'elle eût le cœur enflammé d'une rage bien ardente, pour se résigner à un tel sacrifice; mais la haine fait des miracles.

Louis Robillard n'hésita pas à manger ses cinq francs dès qu'il les eut en sa possession; après quoi il se mit à l'œuvre et publia dans son journal artistique L'HISTOIRE VÉRITABLE ET AUTHENTIQUE DE MADAME DE SAINT-ÉVREMOND.

Ce récit, semé d'observations piquantes et de considérations philosophiques, racontait avec une rigoureuse exactitude les antécédents de la fausse veuve de l'officier qui n'était jamais mort au service de don Carlos.

Louis Robillard en envoya un exemplaire à l'ancien notaire, au marchand de châles et au capitaine polonais.

Les trois galants reçurent le journal à la même heure, et coururent immédiatement chez l'ex-femme de chambre.

Une explication eut lieu, elle fut orageuse. La mère Simonnot, blottie derrière la porte, n'en perdait pas une syllabe, et riait de ce rire satanique qui n'appartient qu'à une portière ulcérée, savourant les délices de la vengeance.

Au moment où le marchand de châles, l'ancien notaire et le capitaine polonais quittèrent la demeure de Rosalie en lui disant un éternel adieu, un homme monta rapidement les escaliers et entra brusquement chez la coquine, en bousculant la mère Simonnot qui ne s'était pas assez promptement effacée pour lui livrer passage.

— Du Ferlon! s'écria la portière, dont toutes les douleurs se ravivèrent au souvenir de ses anciennes amours.

— Rosalie, dit en entrant du Ferlon à la guêpe, qui, pâle de rage, était tombée sur un fauteuil, j'ai lu dans *l'Argus* le récit de tes hauts faits : tu es une rusée drôlesse! Nous sommes dignes de nous entendre. L'univers t'abandonne; viens avec moi! Combinons nos intelligences; unissons nos efforts, et la fortune ne peut manquer de nous sourire. Une voiture de déménagement attend à la porte; emballe tes meubles et partons!

Deux heures après, Rosalie et du Ferlon, bras dessus, bras dessous, franchissaient la porte cochère, en criant à tue-tête :

— Mère Simonnot, le cordon s'il vous plaît!

La mère Simonnot resta portière jusqu'à la fin de ses vieux jours. Louis Robillard changea son journal artistique en feuille industrielle destinée à pratiquer le *chantage* sur une échelle aussi étendue que possible, et gagna quelques billets de banque dans ce métier déshonnête.

Rosalie s'associa avec du Ferlon pour l'exploitation des dupes. Mais le ciel ne bénit pas leurs entreprises; après quelques démêlés avec la justice, du Ferlon reçut une place sur les galères de l'État, et Rosalie finit ses jours dans une maison de filles repenties, mais non repentantes.

Triste destinée des frêlons et des guêpes d'ici-bas! »

— Pas toujours! dit la marquise.

Le lendemain du jour où Cazotte avait raconté ces aventures, qu'il avait lues, ainsi qu'il l'affirmait du moins, dans le grand livre des destinées humaines, la princesse, parfaitement remise de son indisposition, put reprendre le cours de ses promenades habituelles avec ses deux amis.

— Mon cher Cazotte, dit-elle au poëte, il y a dans votre récit bien des choses que je ne comprends pas. Qu'est-ce, par exemple, qu'un colonel de la *grande armée*, et où prenez-vous ce *don Carlos*, au service duquel votre ex-guêpe prétendait que son faux époux était mort?

— Madame, répondit Cazotte, vous oubliez que ces faits se passeront dans quatre-vingts ans pour le moins. Il m'est donc impossible de vous donner le moindre renseignement à cet égard; car je me contente de savoir très-peu l'histoire du passé, et n'ai pas, croyez-le bien, la moindre prétention de connaître celle de l'avenir. Je n'ai fait, je vous le répète, que vous reproduire ce que j'avais lu dans le livre des destins. Or, je n'y ai pas remarqué la moindre application des choses qui vous préoccupent. Tout ce que je puis me permettre, c'est de supposer que cette *grande armée* sera française un jour par son nombre ou par ses batailles, et que ce *don Carlos* sera quelque prince espagnol, qui fera la guerre dans son propre pays, soit pour attaquer, soit pour se défendre.

— Bah! s'écria la marquise, que nous importe après tout!

— Je trouve cette réflexion de la marquise on ne peut plus philosophique, dit Cazotte.

— N'en parlons donc plus, fit Ginebra en souriant.

— Et, s'il vous plaît, chère princesse, reprit madame de La Croix, reprenez ce soir le cours de vos récits; car, hélas! le temps de nous séparer approche.

— Comme vous voudrez, dit la princesse.

— Alors veuillez nous donner l'explication d'un tableau que j'ai remarqué durant votre maladie. Je veux parler d'un petit amour tenant à la main un flambeau, autour duquel voltigent plusieurs jeunes personnes ailées.

— Fort bien, dit la princesse, qui, le soir même, commença, sans se faire prier, l'histoire qu'on va lire.

LES

QUATORZE VIERGES

DU DELTA

— Les éphémères dont nous allons parler étaient orphelines.

— Vraiment! dit Cazotte; ne le sont-elles pas toutes?

— Vous avez raison, dit en souriant la princesse Ginebra; puisqu'elles ne vivent qu'un jour de leur vie ailée et complète, elles n'ont pas le temps de voir grandir leur postérité. Celles-ci ne faisaient pas exception à cette règle fatale; elles avaient perdu leurs parents à l'âge où elles n'étaient encore que de simples petites larves.

Je n'aurai pas besoin non plus de vous apprendre qu'elles étaient écloses sur les bords d'une rivière; les éphémères quittent rarement le bord des eaux; mais comme à mes yeux se confondent, à certaines époques de leur vie, les êtres humains et les insectes ailés, vous me permettrez de vous raconter ce drame lamentable avec les détails de nos mœurs à nous, pour vous intéresser plus vivement à mes frêles infortunées.

A l'embouchure de la petite rivière de la Gly, qui arrose les meilleurs vignobles muscats du Roussillon, quelques familles de pêcheurs assez peu fortunées formaient par leur réunion le hameau de Saint-Laurent.

Les maisons de cette bourgade penchée sur les eaux ne présentaient pas à l'œil un tout compacte; elles étaient, au contraire, largement semées sur un terrain accidenté d'une façon pittoresque, dont la propriété appartenait à la chanoinesse d'Orbes, que j'ai beaucoup connue sur les derniers temps de sa vie.

Une de ces cabanes surtout était curieusement campée sur un petit delta qui partageait le fleuve à son entrée dans la Méditerranée. La vue en était magnifique; de là, la mer du Languedoc se déployait sous le regard sans être entravée par aucun cap. Mais il y avait de la témérité dans le choix de cette position; la mer lançait directement ses lames phosphorescentes contre cet amas de limon rassemblé par le fleuve, et menaçant sans cesse d'entraîner ce mouvant îlot bas et noyé.

Pour habiter un pareil terrain, il fallait être de la nature des libellules ou des éphémères; car les enfants y étaient élevés littéralement dans l'eau et dans la vase.

La première fois que je vis cette habitation, cette idée me frappa l'esprit. Lorsqu'après avoir traversé l'un des bras de la Gly, je me hasardai à pénétrer dans l'enclos où séchaient les filets du maître, je fus confirmée dans ma supposition par la rencontre de quatorze fillettes qui ne semblaient pas avoir entre elles la différence d'âge annoncée par leur nombre. Cette prodigieuse fécondité et la prédominance de l'élément féminin complétaient l'analogie.

Quand toute cette jeune couvée aura subi sa dernière transformation, quand la période de l'amour, la phase ailée de leur existence commencera pour elle, elle sera de courte durée, pensai-je; les éphémères ne vivent qu'un jour de vie complète: ce jour au moins sera-t-il pour celles-ci un jour sans orage?

De ces quatorze fillettes, cinq n'étaient que les nièces du pêcheur; il s'en était chargé courageusement, sans faire le calcul du surcroît de travail que cette tâche généreuse allait lui imposer. Les neuf qui étaient réellement à lui s'étaient succédées à peu près d'année en année, et comme parmi elles se trouvaient deux couples de jumelles, il n'y avait entre les quatorze qu'une huitaine d'années de distance de la plus jeune à la plus âgée.

Tous ces petits êtres végétaient et se formaient tant bien que mal dans le delta de la Gly; mais leur existence dépendait entièrement de celle du robuste maître Philippe, qui allait chercher la fortune de la semaine en se livrant lui et ses deux fils à la fantaisie des flots.

Une base aussi fragile à la subsistance d'une aussi grosse famille me fit trembler; il me sembla voir tous ces pauvres êtres ballottés en pleine mer sur un radeau de naufragés. Je m'en allai toute inquiète sur leur avenir, en leur laissant quelques poignées d'écus pour payer les graves impressions que j'avais recueillies chez eux.

Cinq années après ma visite au hameau de Saint-Laurent, la propriétaire de ce hameau, la chanoinesse d'Orbes, qui avait mené à la cour du Régent une vie au moins dissipée, tomba tout à coup dans une dévotion extrême à la suite d'un chagrin d'amour. En apprenant le départ pour les Indes d'un officier supérieur de la marine, elle quitta le monde et alla s'ensevelir dans une de ses terres du Roussillon.

Cette retraite subite surprit d'autant plus qu'elle emmenait avec elle trois Sœurs d'un couvent de Visitandines pour l'aider à faire pénitence dans son pays. Son intention était de fonder sur ses domaines un couvent de cet ordre, dont les prières seraient exclusivement destinées à faire contre-poids à la somme de ses voluptueux péchés.

Le premier soin de madame d'Orbes, à son arrivée au pied des Pyrénées, fut de choisir l'emplacement de cet autel expiatoire, et de s'assurer de quelques novices pour fonder le personnel du nouveau couvent.

Elle se souvint alors des pauvres pêcheurs des bords de la Gly, et pensa à prendre chez eux une partie des vestales dont elle voulait consacrer la vie à racheter son âme. La mondaine chanoinesse ne s'était jamais occupée de ce hameau maritime que pour percevoir la dîme des travaux de ses habitants. Elle m'avait toujours témoigné un étonnement presque railleur quand je m'informais auprès d'elle de la famille du delta, dont le sort m'avait si vivement intéressé.

— Qu'avez-vous à faire de ces paysans? me disait-elle; vraiment, très-chère, faudrait-il, à votre avis, entretenir correspondance avec ces braves gens? Je ne vois pas d'autres moyens de vous en donner les nouvelles que vous me demandez avec tant de sollicitude.

Excellente pour tous ses amis, serviable et dévouée, passionnée, même, pour se rendre utile à toutes les connaissances de son rang, elle était sans penser à mal, et très-naturellement, de la plus hautaine indifférence pour tout ce qui gagnait son pain à la sueur de son corps. Ces braves gens-là n'étaient pas, cela lui semblait sûr, de même nature qu'elle : c'étaient des ilotes destinés à la faire vivre dans l'opulence et l'oisiveté, sorte d'animaux domestiques, complémentaire obligé du chien qui défendait sa porte et du chat qui la délivrait des souris.

Le jour qu'elle arriva à Saint-Laurent, le ciel et la mer confondaient leurs nuées et leurs vagues; une violente tempête grondait dans l'espace sans bornes. Frappée de terreur à ce terrible spectacle, assourdie par la foudre des nuages et par le tonnerre des flots, éblouie par les éclairs gigantesques sinistrement réfléchis dans les abîmes mouvants de la mer, madame d'Orbes vit là une manifestation de Dieu exclusivement adressée à elle.

Orgueil naïf, égoisme inoui! Dans cet orage affreux qui jetait à la rive les cadavres des pêcheurs et les débris de leurs barques, qui ruinait sur cent lieues de côte les espérances de toute une population de travailleurs, la chanoinesse vit un avertissement adressé à elle, simplement à elle, d'avoir à choisir le coin de terre où elle se trouvait pour y fonder son autel expiatoire.

Le lendemain, quand la mer fut calmée, on entendit des gémissements dans la cabane du delta. Le père Philippe avait péri dans la tourmente avec celui de ses deux fils que l'enrôlement maritime ne lui avait pas enlevé. Il laissait quatorze orphelines n'ayant pas même une mère avec laquelle elles pussent mêler leurs lamentations : sa femme était morte en mettant au jour son dernier enfant.

Madame d'Orbes, à cette lamentable nouvelle, se transporta sur l'îlot désolé, et après avoir compté les nourrissons de son pêcheur défunt, elle pensa que le ciel, dont la volonté avait déjà choisi l'emplacement où il lui plaisait d'accepter les prières faites au profit de la grande dame, avait ravi à point le seul soutien de ce chœur de vierges pour en faire le noyau de la nouvelle communauté.

Dès cet instant, sa résolution fut prise. On enfonça par son ordre, dans le terrain mouvant du delta de la Gly, de robustes pilotis en cœur de chêne, et sur cette assise solidement fondée s'élevèrent les murs du pieux édifice où, sous la direction des trois Visitandines venues de Paris, les quatorze vierges commencèrent leur noviciat.

Pour ces naives orphelines, les ailes de la passion d'amour ne s'étaient point encore développées; elles n'avaient pas encore tressailli à cet élan subit, à cette impulsion ardente qui éclaire la vie et lui donne un but. Or, madame d'Orbes avait décidé qu'elles resteraient à cet état élémentaire; le besoin de vivre et d'aimer ne devait jamais échauffer leur cœur. Pauvres larves couchées sur le limon du fleuve, elles ne prendraient jamais leur essor par un rayon de printemps, à l'exemple de leurs frêles compagnes des rives.

Moi, qui du premier coup d'œil avais deviné l'analogie frappante de ces douces créatures, je ne doutais pas de l'impossibilité du projet de leur souveraine.

Malgré les précautions prises pour retenir à l'ombre ces blanches chrysalides d'éphémères, je savais que le feu sacré percerait les murailles pour venir les animer sous leur enveloppe enfantine. Je savais de plus que ce réveil si joyeux pour les papillons brillants de nos jardins aurait pour elles un jour à peine d'espérance et de bonheur. Mais on ne me consulta pas, je ne devais savoir ces beaux projets que le jour de l'éclosion. Je ne pus donc pas avertir de mes justes craintes l'imprudente chanoinesse.

Cependant l'aînée de ces jeunes nonnettes avait au plus vingt-trois ans et la cadette atteignait sa quinzième année. Elles s'aimaient grandement entre elles, et ce fut avec beaucoup de joie qu'elles acceptèrent de passer leur vie ensemble dans le même asile. Elles consentirent donc volontiers à bénir leur bienfaitrice et à prier Dieu à chaque heure du jour pour celle qui leur avait fait à toutes la même paix et la même sécurité.

Les pauvres gens sont reconnaissants de peu. Être assurés de ne pas mourir lentement de misère et de faim est pour eux un énorme bienfait; les orphelines n'avaient vu qu'un acte de suprême bienfaisance dans le calcul souverainement égoïste qui avait décidé leur éternelle claustration. Elle se mirent donc de tout leur cœur à la mission qu'on leur avait imposée et avancèrent par leur zèle le jour où elles devaient prononcer solennellement leurs vœux.

Ce jour arriva enfin, et le troisième anniversaire de la tempête qui avait décidé de leur vocation fut choisi par la fondatrice pour cette imposante cérémonie.

La chanoinesse vit là une occasion de satisfaire une dernière fois sa vanité; elle résolut de donner de l'éclat à cette journée. C'était, du reste, une chose bien extraordinaire et jusqu'à un certain point bizarre, que la fondation d'un monastère en plein XVIIIe siècle, et cela par la fantaisie d'une femme qui avait passé sa jeunesse à la cour la plus dissolue et la plus incrédule de l'Europe.

Elle fit de nombreuses invitations, elle choisit les personnes dont le nom était le plus illustre et avait le plus de renommée, sans s'inquiéter d'ailleurs du degré de foi et de piété de ceux qu'elle allait rassembler sur le delta de la Gly.

Ainsi, au nombre des invités se trouvait le comte de Riom, neveu du fameux Lauzun, qui avait rendu folle de lui la duchesse de Berri, comme la duchesse de Montpensier l'avait été jadis de son oncle; en ajoutant seulement un supplément de scandale aux effets de la passion inspirée par Riom à la fille du Régent. On y voyait aussi le chevalier de Bouillon, fondateur des bals publics de l'Opéra; Rouillé du Coudrai, qui avait coutume de chercher dans le vin une franchise de parole portée jusqu'à la licence; et puis les compagnons de plaisir du duc d'Orléans : le chevalier de Broglio, le duc de Brancas, Nocé, Canillac, Biron, récemment élevé à la dignité de duc, et le chevalier d'Aidie.

Quant aux femmes, vous me permettrez de ne les pas nommer. Elles ont toutes vieilli à l'heure qu'il est, et, au contraire des hommes, elles tiennent soigneusement voilées les erreurs de leur jeunesse.

Les invitations faites, la chanoinesse d'Orbes mourut tout-à-coup à la suite d'un accès de colique néphrétique, laissant au chevalier d'Oppède, son légataire universel, le soin de l'ensevelir et d'accomplir sans retard la cérémonie qui devait assurer le salut de son âme.

La mort de la fondatrice ne retarda donc pas la solennité, et le jour fixé eut lieu la prononciation des vœux des quatorze orphelines du Delta. Tressan, évêque de Nantes, ou plutôt évêque de cour, officia, et jusque-là tout alla à peu près bien.

En sortant de l'église, le chevalier de Bouillon eut une fantaisie sacrilége. Il la communiqua sans retard et la fit acclamer d'enthousiasme à la société peu scrupuleuse qui venait d'assister à cette prise collective de voiles.

— Ces fillettes-là, dit-il, ne connaissent pas le monde auquel elles ont renoncé; et cependant les parents ou ceux qui leur en servaient étaient dans l'obligation de le leur faire connaître avant de les engager ainsi. Mais vaut mieux tard que jamais, et mon avis est...

— Bon! interrompit d'Oppède, je comprends, cela me regarde; il faut leur faire passer cette journée dans les fêtes, pour réparer l'oubli dont ces pauvrettes ont été victimes. Et, d'abord, elles vont avoir l'honneur de dîner avec nous; puis, des promenades sous les saules, comme dans les bergeries de M. de Florian, et des propos d'amour.

— Et ce soir, reprit le prince d'Auvergne, grand souper et bal toute la nuit.

— Et le lendemain, dit Canillac, si l'on veut nous suivre ou si l'on veut nous faire rester, que ferons-nous?

Ici l'héritier de madame d'Orbes prit une figure grave; il sentait s'agiter quelque chose dans un coin de sa conscience de *roué*.

— Le lendemain, messieurs, il ne sera libre à personne de donner suite à cette fête improvisée. Je veux respecter religieusement la dernière volonté de ma tante. Il ne faut pas songer à enlever une pierre à son pieux édifice; aucune des quatorze voix destinées à prier pour son âme ne doit manquer à cette œuvre. Que demain nous retrouve donc tous sur la route de Versailles et que les orphelines du père Philippe restent ici au grand complet afin de s'entr'aider mutuellement à nous oublier.

Je ne suis pas dévote, mais je n'aime pas les insultes gratuites à la foi d'autrui; dans ce cas-là, il y avait pis encore. Ces libertins de cour préparaient en riant l'acte le plus cruel que l'on puisse imaginer. Ils allaient, par pure distraction, énamourer tous ces cœurs chastes, réveiller toutes ces âmes vierges, jeter à ces orphelines calmes et pures des paroles ardentes, afin d'exciter en elles des passions sans résultat. Puis, l'effet dévorant produit, ils s'en retourneraient à Versailles raconter joyeusement cet acte de férocité.

Cependant madame de Mouchy, qui n'était rien moins que sévère dans ses mœurs ni timorée dans ses croyances, protesta énergiquement au nom de l'humanité.

— C'est vouloir tuer d'un seul coup, dit-elle, ces pauvres fillettes, aussi calmes et innocentes que les demoiselles bleues qui voltigent sur les nénuphars de leur rivière, et pour ma part je n'assisterai jamais à un attentat aussi odieux. Cette parade d'amour est une cruauté sans excuse! c'est une véritable lâcheté!

A cette sortie inattendue dans la bouche de son auteur, le prince d'Auvergne leva les épaules, en s'écriant :

— Bast! vous savez comme nous, mesdames, quelles faibles traces laissent, dans les cœurs, les phrases les plus galantes et les mieux amoureusement tournées.

— Seriez-vous jalouse? hasarda insolemment le comte de Riom.

— Ne plaisantez pas sur un pareil sujet, messieurs, répondit d'un ton triste et profondément pénétré, madame de Mouchy. Je ne suis ni prude ni bigote, vous le savez bien; s'il s'agissait d'une aventure dans le genre de celle attribuée au comte Ory et à ses chevaliers, nous n'aurions qu'à nous retirer; voilà tout.

— Mais la chose est moins grave encore, dit d'Oppède; il s'agit d'un souper et d'un bal, tout simplement.

— S'il vous semble ainsi, tant pis pour vous, chevalier! je ne réussirais pas sans doute si je cherchais à vous persuader par des raisonnements que l'attentat matériel, que le viol brutal a des conséquences infiniment moins dangereuses que le rapt du cœur, que l'atteinte profonde portée en se jouant à la sérénité du rêve de la vierge.

— Eh! qui vous dit, madame, interrompit Riom, que nos moyens de plaire auront la force de mettre le cœur des pupilles de madame d'Orbes en sérieux danger?

— Croyez-le bien, messieurs; vous n'êtes pas pour ces pauvrettes des hommes comme les autres; vous êtes des seigneurs presque aussi élevés dans leur esprit que le Seigneur qu'elles adorent. Vos paroles les plus ordinaires retentissent à leurs oreilles comme une séduction inconnue; jugez de l'effet que devront produire sur elles des phrases débitées langoureusement, avec l'intention bien arrêtée de les troubler et de les enivrer.

— Mais, dit encore Riom, qui ne voulait pas être persuadé; quelques heures de badinage peuvent-elles laisser une trace assez profonde pour causer les maux dont vous voudriez nous effrayer?

La belle marquise, au lieu de répondre, leva les yeux au ciel et soupira involontairement. Riom, qui l'avait aimée autrefois, eut la fatuité de croire que le regret contenu dans ce soupir était à son adresse; il prit la main de madame de Mouchy :

— Voyons, lui dit-il; vous si joyeuse, si insouciante, si

caustique, comment se fait-il que vous vous fassiez si grondeuse en ce moment, à propos d'une innocente fantaisie du chevalier de Bouillon.

— C'est que cette fantaisie me rappelle une histoire de même nature, dont j'ai failli mourir, moi, quand je n'avais encore que seize ans.

Le comte de Riom fut un peu désappointé, le soupir ne s'adressait pas à lui; il lâcha la main de son ancienne amie et reprit son ricanement.

— Vraiment! vous, marquise, vous avez failli mourir d'amour à seize ans! Le héros de l'histoire était un cousin; il ne faut pas en douter.

Un beau sentiment est une auréole; en ce moment madame de Mouchy n'était plus la femme de sa réputation. Sa physionomie s'était transfigurée; aussi ne trouva-t-elle autour d'elle d'autres rieurs que le neveu de Lauzun. Lui-même finit par partager l'intérêt général, lorsque la marquise annonça qu'elle allait raconter l'histoire de sa première souffrance.

— Vous me permettrez de ne pas le nommer, dit-elle; je l'appellerai Louis : cela suffira.

J'avais seize ans; les seules impressions tendres que j'eusse encore recueillies dans la vie étaient des amitiés de famille et des intimités de couvent. J'avais déjà vu quelques-unes de mes compagnes franchir les grilles où se passait notre enfance pour entrer dans le monde et y trouver un mari; mais je n'avais guère réfléchi au jour où mon tour arriverait; l'amour ne m'avait jamais tourmenté l'esprit.

Mon cœur était aussi tranquille que celui de nos quatorze orphelines, lorsque ma mère vint un beau matin d'automne me chercher pour m'emmener passer quelques jours en Bourgogne.

Il y avait au château de madame de R*** une société nombreuse qui m'intimida beaucoup au premier abord. Je fus plus d'une journée sans oser remarquer ni distinguer les uns des autres les hôtes et les visiteurs. Je n'étais donc guère en état de deviner ce qui se passait d'intime dans cette réunion.

Je remarquai pourtant un beau jeune homme qui venait régulièrement tous les jours; il avait une figure ouverte et un œil châtain d'une grande bienveillance. Il me plut comme un frère, et je le regardai parce qu'il ne m'intimidait pas; mais sans penser à rien que de très-innocent. On le plaçait à table à côté de la fille aînée de madame de R***, grande brune à tournure élégante, à physionomie fière et même hautaine, qui ne paraissait pas s'occuper beaucoup de lui.

Or, la veille de notre départ, le jeune homme à l'œil châtain, Louis, prit tout à coup avec moi des manières et un langage d'amant. Il m'avait vu le regarder avec plaisir; il se décida à m'aimer et à me le dire au dernier moment. Je fus étourdie de cette attention passionnée; je crus d'abord qu'il voulait se moquer de la petite pensionnaire.

Pour me rassurer, je me regardai à la dérobée dans une glace. Quoique sans poudre, je ne me trouvai vraiment pas mal. Ma taille était déjà hardie et bien formée, pour mon âge; mes yeux, sans avoir l'expression que donne l'habitude de la vie étaient gracieux, et ma bouche souriait avec assez de bonheur. Cet examen rapide me fit battre le cœur, je me sentis rougir sans savoir pourquoi et je pris décidément l'amour de Louis au sérieux.

On fit une promenade dans le parc. Mademoiselle Blanche de R***, la grande brune à l'air hautain, s'excusa auprès de sa mère de ne pas nous accompagner; ses vapeurs l'avaient prise subitement, je n'en cherchai pas la cause; j'avais de bien plus vives préoccupations.

Louis m'offrit son bras; je tressaillis à ce premier contact d'un homme aimé; je m'appuyai sur lui comme si j'allais tomber, puis je sentis une sécurité pleine de volupté et de langueur; un état de trouble et de calme à la fois si étrange et si agréable que j'aurais voulu passer ainsi ma vie entière.

Nous ne disions pas grand chose, et Louis était distrait, lorsque malgré sa première résolution, mademoiselle Blanche apparut au bout de l'allée où nous rêvions. Louis, à ce moment, me prit la main et me demanda si je savais ce que c'était qu'aimer. Il me parla de fièvre, d'insomnie, de palpitations, de soupirs qui gonflent la poitrine. Il me dépeignit tous les maux d'un martyr de l'amour, en ajoutant qu'un sourire, un coup d'œil, un serrement de main de la personne aimée changeait toutes ces souffrances en ineffables bonheurs.

Il me regardait tendrement en débitant toutes ces belles choses, et, pour le rendre heureux, je le regardais tendrement de mon côté et lui accordai mon plus doux sourire. Il me serra la main, je serrai la sienne avec effusion.

Cependant mademoiselle Blanche nous avait rejoint avec sa sœur; elle était fort rouge et riait à gorge déployée. Si j'avais été meilleure observatrice, j'aurais vu que son rire n'était pas naturel, j'aurais pu m'inquiéter en voyant son œil fier s'arrêter de temps en temps sur nous, avec une expression de colère mêlée d'inquiétude.

Louis se baissa et cueillit deux fleurs qu'avait effleurées la robe de Blanche; puis comme elle se retournait vers lui, il me les offrit galamment : c'était un myosotis et une véronique bleue. Blanche prit le bras de sa sœur et sembla chanceler.

— Vous êtes encore malade, Mademoiselle, lui dit Louis?

— Moi, oh! pas le moins du monde, répondit-elle; et elle disparut dans un bouquet de noisetiers.

Nous continuâmes notre promenade sans mot dire, j'attribuai ce silence à l'émotion, et je rentrai au château énamourée, la tête en feu, l'âme pleine de rêves extatiques et le cœur sérieusement blessé pour la première fois de ma vie.

Pardonnez-moi d'entrer dans tous ces détails, ils ne sont pas neufs, et forment, je le sais, le prélude obligé de toutes les aventures de ce genre. Je ne mentionne ici ces bagatelles, qui aujourd'hui me feraient peut-être rire aux dépens du poursuivant, je ne les mentionne qu'afin de vous faire comprendre l'effet puissant, inévitable qu'elles produisent sur les cœurs vierges. Je désire vous édifier sur la mascarade galante que vous vous proposez de donner à ces pauvres orphelines vouées fatalement à la solitude éternelle du cloître.

Le soir de cette journée si émouvante pour moi, on dansa pour célébrer la clôture des vendanges. Louis redoubla auprès de moi d'attention et de douces paroles; son affectation à me faire la cour devait me donner des soupçons, je n'en eus aucun.

Blanche de R*** eut des caprices et des maussaderies sans motif. Elle sortait après avoir accepté une invitation à danser, elle allait changer de toilette, ôtait les fleurs de sa coiffure, les remettait et faisait mille folies semblables. Je me rappelai tout cela le lendemain.

Enfin vers une heure du matin, madame de R*** s'approchant de Louis :

— Vous n'avez pas encore dansé avec ma fille, lui dit-elle.

— Qui l'a remarqué, Madame?

— Elle.

— Serais-je assez heureux?...

— Allez vous-même vous en informer auprès de Blanche.

A partir de ce moment, Louis ne revint plus auprès de moi; son regard ne chercha plus le mien, il semblait m'avoir oublié. J'éprouvai alors un déchirement inoui; j'eus peur de la souffrance que je ressentis. La nuit je ne pus fermer l'œil. Les avances passionnées, les confidences amoureuses que Louis m'avait prodiguées tout le jour ne pouvaient balancer le désespoir de l'abandon de la dernière heure. Le matin cependant l'espoir avait repris sa place; son œil si doux n'avait pas voulu me tromper, j'en étais sûre. D'ailleurs n'allais-je pas le revoir dans un instant.

Lorsque ma mère vint me chercher pour le déjeûner, je lui demandai si M. Louis était déjà revenu.

— Comment, me dit-elle, petite rusée, auriez-vous deviné toute seule la nouvelle que madame de R*** ne nous a annoncée que ce matin?

Cette question de ma mère me fit pâlir involontairement; un tremblement nerveux me saisit et j'eus à peine la force de lui demander de quelle nouvelle elle voulait parler.

— Eh! ma chère enfant, du mariage de M. Louis et de mademoiselle Blanche de R***.

Je compris tout, j'avais servi à rendre Blanche jalouse; on avait trouvé tout simple et sans danger de m'employer comme aiguillon. Je retombai sur mon lit sans connaissance et je devins folle.

Oui, Messieurs, je devins folle, personne au monde ne le sut jamais, bien que ma folie ait duré deux ans. C'est là un de ces secrets que les familles ont à cœur de cacher soigneusement aux yeux du public. Pour me décider à le livrer, il ne fallait rien moins que l'intérêt suprême des pauvres innocentes auxquelles vous voulez jouer la comédie lamentable dont j'ai moi-même été victime.

Après ce récit si vrai et si naturellement pathétique, on garda un profond silence. Il naissait évidemment des scrupules et des remords anticipés dans ces consciences habituées à ne considérer jamais les choses que sous leur côté plaisant. Personne n'osait plus soutenir le projet, et si quelqu'un eût pris sur lui d'en proposer l'abandon, l'abandon de cette fantaisie diabolique eût été adopté d'enthousiasme.

Au milieu de ces hésitations sincères tombèrent les fourgons que le maître d'hôtel du chevalier était allé remplir à Perpignan, dès que son maître lui eut communiqué la proposition du prince d'Auvergne.

Le nouveau Vatel avait été rapide; il avait, en un clin d'œil, rempli ses paniers des plus délicates friandises de Perpignan. Il avait si bien compris les joyeux libertins qui l'employaient, qu'il avait amené avec lui jusqu'à des modistes apportant des rubans, des dentelles, du velours, et tout ce qu'il fallait pour donner de la fraîcheur et du piquant aux costumes semi-espagnols du pays.

En voyant arriver son Mercure, d'Oppède se décida à rompre le silence en ces termes :

— L'histoire de madame de Mouchy nous a tous attendris au point de nous enlever la force de prendre une résolution; si vous m'en croyez, nous dînerons d'abord le plus raisonnablement possible et pour le surplus nous nous déciderons après.

Le dîner fut splendide; le traître et parfumé muscat de Rivesaltes joua son rôle. Peu à peu les langues se délièrent, les fronts penchés se dressèrent, la familiarité arriva franche et gaie, et l'on oublia entièrement l'histoire et les pressentiments de madame de Mouchy.

Pendant le festin, le maître d'hôtel du chevalier avait rempli le jardin de fleurs; des ouvriers sous ses ordres y dressaient des arcs de feuillage et tendaient des guirlandes entre les yeuses et les lauriers. On élevait des estrades où les musiciens seraient placés.

Au sortir de table, les gais convives trouvèrent la séduction complète; le démon avait activé lui-même les préparatifs de la fête; les musiciens préludaient, comment résister?

Malgré cela, il y eut encore, je dois le dire, quelques hésitations, quelques scrupules; mais les hésitants et les scrupuleux ne réussirent pas à faire abandonner le premier projet, qui fut ponctuellement exécuté.

Dès ce moment, les nouvelles nonnes, tout à fait inexpérimentées et désarmées contre un pareil genre d'émotion, se virent assaillies de ces banalités amoureuses que nous jugeons à leur juste valeur, mais qui, par elles, furent prises au grand sérieux.

Les jolis cavaliers qui leur débitaient ces mielleux hors-d'œuvre étaient d'ailleurs si aisés de manières, si élégants, si propres, si bien parés; il leur sembla qu'une race presque angélique était descendue exprès vers elles, pour combler par un langage tout céleste le bonheur de cette journée.

Le soir et toute la nuit, le jardin si calme du nouveau moutier retentit de cris de joie, d'éclats de rire, du bruit des danses qui se mêlaient au son des instruments de musique jouant des valses, des gavottes et des menuets. De temps en temps, on voyait des groupes passer en chuchottant dans les allées plus solitaires où n'arrivait pas la lumière des lanternes; des mots passionnés s'échangeaient dans l'ombre : peut-être même la profanation des roués de la régence alla-t-elle plus loin encore.

A ce foyer ardent allumé par une fantaisie irréligieuse, toutes ces pauvres innocentes vinrent naïvement s'exposer. Toutes à l'envi vinrent brûler leurs ailes au flambeau de l'amour. Leur destin d'éphémères s'accomplissait comme je l'avais prévu. Les désirs leur donnaient des ailes; l'extase de sentir pour la première fois leurs pieds quitter le sol leur firent croire qu'elles étaient enfin dans le rayonnant chemin du ciel.

Mais hélas! quel lendemain!

Au point du jour, tous ces élégants séducteurs, toutes les jeunes perruques aux boucles blondes, tous les vêtements de satin et de velours avaient disparu. Les quatorze orphelines restaient seules, doublement veuves, doublement isolées. Fiancées, en un même jour, au Dieu du ciel et aux puissants de la terre, il ne leur restait plus que leurs froides cellules et les douleurs du souvenir.

C'est alors que je vins les revoir. Les douces victimes avaient brûlé leurs ailes à cette flamme menteuse, qu'elles avaient pris pour le soleil. Retombées languissantes et sans force sur le sol humide du delta de la Gly, elles traînaient dans les angoisses fièvreuses, les défaillances et les remords un reste de vie toujours prêt à les abandonner.

Cette désillusion terrible avait mis le germe de la mort dans leur sein. Elles regrettèrent en pâlissant les engagements religieux qu'on les avait forcées de prendre. Le feu qui avait dévoré leurs blanches ailes à peine développées les minait rapidement.

Quelque temps après, il n'y avait plus au monastère de Saint-Laurent que des murs silencieux et un cimetière composé de quatorze tombes, sur lesquelles les vierges du hameau venaient jeter, les jours de fête, des couronnes blanches en pleurant.

Le crépuscule était venu pendant cet émouvant récit de la princesse, un de ces crépuscules d'automne, tiède encore, mais auxquels les médecins conseillent de ne pas trop se fier.

Ginebra fit de nouveau retentir le timbre d'argent, dont le son était bien connu de l'ancien page de son second mari. Un instant après, Azuleo, qui devinait d'avance les désirs de sa maîtresse, vint lui mettre sur les épaules une large mante chaude à capuche.

C'était l'heure de la chasse des papillons de nuit.

La marquise de La Croix suivit la princesse aux aiguilles d'or; Cazotte seul resta au milieu des portraits fantastiques qui lui composaient un monde de son choix, plus réel dans sa bizarrerie et moins imaginaire que le vulgaire ne peut se l'imaginer.

— Je pardonne beaucoup à madame de Mouchy maintenant, dit la marquise; en vérité! je ne la croyais pas capable d'avoir jamais aimé, au point d'en perdre la raison.

— Combien d'existences, agitées jusqu'au scandale, pourraient s'expliquer ainsi! répondit Ginebra. N'est-ce pas se jouer des choses saintes que d'énamourer, sans vouloir se passionner soi-même, sans but d'union ni d'avenir, de jeunes vierges dont les rêves calmes n'évoquent encore que les eaux bleues des lacs, les oiseaux dans leurs forêts d'émeraude et les papillons sur les rubis, les saphirs et les topazes des corolles?

— Pauvre madame de Mouchy!... Pauvres éphémères du delta!... La première, il est vrai, paraît s'être parfaitement consolée...

— Oui, mais les vierges de la Gly sont mortes, c'est-à-dire qu'elles ont changé d'enveloppe pour vivre mieux. Croyez-vous, marquis, que cette consolation-là ne soit pas préférable à celles qu'a trouvées madame de Mouchy?

Disant cela, Ginebra poussa un grand soupir, et la chasse du soir devint silencieuse et grave.

— Le froid vient, dit-elle enfin en frissonnant; et don Olivarès n'arrivera pas encore ce soir. Rentrons.

Elles trouvèrent le poëte occupé à regarder des Indiens d'Amérique, portant l'uniforme obligé de toutes les créations de la veuve du comte Cipio.

— Vous le voyez, dit Ginebra, mon cher poëte, ma collection est complète; tout s'y trouve : idylle et roman de cour, pastorale et intrigue tragique. Il y a là des scènes de tous les pays, de toutes les zônes du globe et de tous les climats. Il n'y a point de frontières pour les créatures ailées. Tout à l'heure je vous ai conté des histoires de la Chine; la première fois, je vous parlerai des forêts vierges et des tribus primitives qui tendent leurs piéges d'amour ou de haine sous le dôme verdoyant de leur branchage.

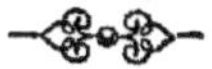

L'AMOUR

DANS

LES FORÊTS VIERGES

La nuit commençait à descendre sur les grandes forêts de la Guyane. Les chants des oiseaux s'éteignaient peu à peu dans le silence envahissant des ombres, interrompu çà et là par le rauque coassement des reptiles cachés dans les marécages, et par le sourd craquement d'un arbre séculaire tombant de vieillesse sur les jeunes pousses nées de sa sève, que sa poussière allait engraisser.

Quelques oiseaux, réveillés par ce bruit, s'envolaient avec des cris aigus; une bande de singes effarouchés s'enfuyait à travers les branches; une biche attardée s'arrêtait un moment, une patte levée et la tête tendue au vent, puis, d'un bond, disparaissait dans les broussailles; quelque jaguar rôdant dans les environs pour chercher une proie, faisait un saut en arrière à ce fracas inattendu, et roulait ses yeux de feu dans l'ombre; puis tout rentrait dans le silence, en même temps que s'affaissait le dernier tourbillon de poussière soulevée par la chute de ce géant de la forêt. Ainsi s'effacent les gloires de ce monde!

Profitant des dernières lueurs du jour, un Indien descendait rapidement l'Oyapock sur une canot d'écorces, à travers les mille obstacles dont le cours de cette rivière est hérissé. Debout, à l'arrière du canot, le sauvage dirigeait, à l'aide d'une longue perche, sa frêle embarcation emportée avec la rapidité d'une flèche au milieu d'un labyrinthe de roches, et quelquefois arrêtée tout net par un arbre tombé en travers du courant.

Parfois un dôme épais de verdure faisait une nuit anticipée sur la tête du hardi voyageur. Des arbres gigantesques étendaient d'une rive à l'autre leurs branches chargées de plantes parasites et de longues mousses blanches qui flottaient dans les airs; d'autres, couverts de fleurs brillantes, se penchaient et s'unissaient au-dessus de la rivière, formant çà et là de gigantesques arcades et de longues voûtes de fleurs parfumées, sous lesquelles glissaient le canot et son conducteur silencieux, comme dans une légende fantastique.

Au confluent d'un petit ruisseau qui venait se jeter dans l'Oyapock, après avoir parcouru les mystérieuses profondeurs de la forêt, l'Indien toucha le bord, cacha soigneusement son canot dans les hautes herbes, et regardant avec précaution autour de lui, avisa un haut tilleul vers lequel il se dirigea à pas lents.

Arrivé au pied de l'arbre, il écouta un instant les bruits de la forêt, en dirigeant ses yeux perçants dans toutes les directions; puis, n'ayant apparemment rien entendu ni rien vu de suspect dans les environs, il se mit à gravir le tronc raboteux avec l'agilité d'un singe.

Il atteignit bientôt le sommet en se cachant dans les feuilles; alors son regard put embrasser une vaste étendue de bois. A perte de vue, les cimes inégales et serrées, agitées par le vent du soir, ressemblaient à une mer houleuse roulant des vagues couleur d'émeraude, et bornée de tous côtés par l'horizon d'un bleu foncé, frangé de nuages blancs.

Le sauvage promena un regard rapide sur ce magnifique panorama de ciel et de verdure. Bientôt il découvrit à quelques milliers de pas, vers le sud, une légère fumée qui montait dans les nues en décrivant de bizarres contours.

A la vue de cette fumée, qui lui annonçait un voisinage humain, les traits mobiles du jeune Indien, — car c'était un jeune guerrier âgé de vingt ans à peine, — prirent tout à coup une touchante expression de douceur et de tendresse, bientôt effacée par une animation étrange qui contracta son visage et fit lancer à ses yeux des éclairs de fureur.

Après avoir soigneusement observé la position de ce campement de chasseurs ou de guerriers, il descendit de l'arbre, et, s'assurant que son couteau et son tomahawk étaient solidement attachés à sa ceinture, il se dirigea de ce côté, en rampant comme une couleuvre, parmi les bambousiers qui couvraient d'un voile impénétrable le sol de la forêt.

Une demi-heure après, l'Indien, tapi dans une touffe de broussailles, se trouvait en face du campement qu'il cherchait.

Une trentaine de cabanes avaient été construites à la hâte avec des pieux piqués en terre et des branches garnies de leurs feuilles.

Les sauvages étaient assis autour d'un grand feu qu'entretenaient des enfants en y jetant de temps en temps quelques branches sèches. Sur le brasier ardent grillaient des tranches d'un agouty tué par les chasseurs pour le repas du soir. Les femmes, accroupies devant les cabanes, faisaient cuire des patates ou râpaient du manioc.

Tous gardaient le silence, car les sauvages ne parlent jamais sans nécessité absolue, et les enfants eux-mêmes, sachant que, dans ces expéditions lointaines, la moindre imprudence peut attirer un parti d'ennemis sur le camp, imitent la muette gravité de leurs pères.

Le jeune Indien, retenant son souffle, regardait, non pas ce spectacle trop familier à ses yeux pour exciter son attention, mais les figures de ces hommes et de ces femmes éclairées par la lueur rouge du brasier.

Les hommes avaient leurs peintures de guerre, et une plume de faucon se dressait fièrement sur la touffe de cheveux qu'ils portent au sommet de leur tête rasée, pour braver leurs ennemis.

L'un d'eux, d'une taille athlétique et d'une figure plus féroce encore que les autres sous son horrible peinture, se promenait à pas lents devant le brasier, écartant du pied les enfants qui se trouvaient sur son passage. De temps en temps il jetait de sombres regards sur une cabane à la porte de laquelle aucune femme n'apparaissait.

A la vue de cet homme, les narines du jeune Peau-Rouge se gonflèrent comme celles d'un tigre qui voit une proie; sa main se porta instinctivement sur son couteau; mais une réflexion l'arrêta; il détourna les yeux avec effort et examina les femmes.

Cet examen ne le satisfit pas, sans doute, car ses traits exprimèrent un vif désappointement; mais bientôt son attention se reporta sur le guerrier qui venait de faire un signe à une femme qui se leva et s'approcha de lui avec une soumission craintive.

Le farouche Indien étendit la main vers la cabane, dont ses regards ne se détachaient pas, et dit deux mots à voix basse. La femme qu'il avait appelée entra dans la cabane et en ressortit bientôt accompagnée d'une autre femme, grande, maigre et déjà vieille, dont les traits avaient une expression grave et austère. Une jeune fille la suivait; mais, sur un signe de la matrone, elle s'arrêta sur le seuil et rentra à pas lents.

A la vue de cette jeune fille, le jeune homme, toujours caché dans les broussailles, fit un mouvement involontaire. Ses yeux, empreints d'une ineffable tendresse, ne la quittèrent que lorsqu'elle eut disparu.

La vieille femme s'avança vers le guerrier devant lequel ses regards ne se baissaient pas. Celui-ci sortit du camp, en lui faisant signe de le suivre. Tous deux passèrent à côté du jeune homme qui les suivit en rampant.

— Que me veut le *Chat-Sauvage?* demanda la vieille femme au guerrier, quand celui-ci se fut arrêté dans une petite clairière à cent pas du camp.

— Le Chat-Sauvage a des choses graves à dire à la magicienne des *Oyampis,* répondit l'Indien, et il l'amène ici pour que ses paroles ne tombent pas dans des oreilles étrangères.

— C'est bien, dit la matrone, j'écoute.

— Le Chat-Sauvage est un grand chef, dit le guerrier avec emphase, en regardant fixement son interlocutrice; son œil perce la profondeur des bois; son oreille est plus fine que celle de la biche tremblante; sa flèche va trouver l'aigle dans les nues, et son tomahawk s'abat toujours sur la tête qu'il a choisie. Où sont les ennemis du Chat-Sauvage? leurs chevelures pendent dans son wig-wam, et il a mangé leur chair.

— Le Chat-Sauvage est un grand chef, répéta froidement la magicienne des Oyampis, sans se laisser intimider par cet exorde un peu prétentieux.

— Je sais que *la Grande-Phalène* est puissante, reprit le chef, voyant que l'énumération de ses vertus guerrières ne produisait pas l'effet qu'il en avait attendu. Elle a des mots magiques qui guérissent les blessures et endorment les douleurs; elle raconte à mes jeunes gens qu'elle commande aux esprits des bois qui volent de fleurs en fleurs, portés par des ailes brillantes, et mes jeunes gens croient à ses paroles...

— Mais le Chat-Sauvage n'y croit pas, dit la femme.

— Le Chat-Sauvage est un grand chef, répondit finement le rusé sauvage; puis il poursuivit d'un ton grave, qui ne dissimulait pas entièrement une légère teinte d'ironie :

— Quand la Grande-Phalène devint prisonnière des *Marawanes*, elle ne prit pas des ailes de papillon pour rejoindre sa tribu; elle attendit que le Chat-Sauvage vînt la délivrer avec ses guerriers, et le Chat-Sauvage est venu.

— Et il a délivré les prisonnières pendant l'absence des guerriers marawanes qui chassaient les jaguars dans la forêt, dit la magicienne, répondant par ce sarcasme à l'ironie du chef.

Le Chat-Sauvage se mordit les lèvres avec rage.

— Les Marawanes chassent les jaguars, mais les Oyampis chassent les Marawanes, dit-il d'un air sombre. J'ai dans mon carbet un tapis de chevelures marawanes, et mes chiens couchent dessus.

A cette fanfaronnade du chef oyampi, un bruit se fit entendre dans le fourré, comme si une bête fauve se fût élancée de sa retraite; le Chat-Sauvage tourna ses yeux étincelants vers l'endroit d'où le bruit était venu; mais il n'aperçut rien que les broussailles encore agitées.

— Que la Grande-Phalène écoute les paroles du chef, reprit-il à voix basse, et qu'elle prouve qu'elle n'a pas rapporté de sa captivité un cœur marawane, comme le croient les sages de la tribu. Mon ajoupa est vide et attend une femme; la Grande-Phalène a une fille dont la vue réjouit le cœur des guerriers; que *Fleur-de-Vanille* épouse le Chat-Sauvage, et toutes les tribus des Oyampis s'inclineront devant le pouvoir du chef redouté et de la puissante prophétesse.

La vieille femme fit un mouvement d'énergique indignation, s'approcha du guerrier, et lui posant un doigt sur le front :

— Chef, dit-elle, la veuve de *Cœur-Dur*, la mère de Fleur-de-Vanille, déchirera sa fille de ses propres mains, avant de la voir entrer dans ta cabane. Tu oublies que le sang de son père fume entre vous deux. Assassin de Cœur-Dur, si la tribu t'a pardonné, moi je me souviens. D'ailleurs, reprit-elle d'une voix inspirée, ne songe pas aux fiançailles; car tu ne reverras pas ton carbet; le couteau vengeur est près d'ici.

Émù de cette sinistre prédiction, malgré son féroce courage, le Chat-Sauvage ne put retenir un mouvement d'effroi aussitôt comprimé.

— C'est bien, dit-il, le chef réfléchira, et il agira selon sa volonté.

Et il retourna rejoindre ses guerriers qui commençaient le repas du soir.

— Au moment où la veuve de Cœur-Dur allait le suivre, le jeune Indien sortit des broussailles où son indignation avait failli le trahir, et se dressa tout à coup devant elle.

La matrone recula, mais sans pousser un cri.

— L'Aigle des Marawanes! dit-elle à voix basse, en jetant des regards inquiets vers le camp. Que vient faire le jeune chef au milieu de ses ennemis?

— La Vanille des bois laisse son parfum partout où elle passe, répondit doucement le jeune homme; l'Aigle des Marawanes a suivi sa trace dans la forêt, et il vient la reprendre pour l'emmener dans son ajoupa.

— Le jeune Aigle sait-il combien de guerriers entourent le Chat-Sauvage? demanda la magicienne.

— Le Marawane sait compter ses ennemis, répondit l'Indien en souriant.

— Combien le chef a-t-il de jeunes gens cachés dans la forêt? demanda encore la Grande-Phalène.

— L'Aigle est seul; mais c'est l'Aigle, dit fièrement le Marawane. Il étranglera le Chat-Sauvage qui a tué le mari de la Phalène, et il emmènera sa fiancée.

La magicienne secoua la tête.

— Ma mère aidera son fils, reprit le jeune sauvage en lui pressant la main avec tendresse; son cœur s'est retiré des Oyampis qui ont tué Cœur-Dur; il est resté chez les Marawanes dont les vieillards l'appellent ma sœur et les jeunes gens ma mère. Fleur-de-Vanille n'entrera pas dans la couche du Chat-Sauvage. La sage prophétesse n'a-t-elle pas dit que le couteau vengeur n'était pas loin? Le couteau vengeur est à la ceinture de l'Aigle.

La Grande-Phalène contempla, avec une bienveillance presque maternelle, la figure franche et hardie, les formes à la fois robustes et élégantes du jeune Indien, et ce regard d'Aigle auquel il devait son nom, et qui faisait pâlir les guerriers dans la bataille, quand le jeune chef, poussant son cri de guerre, s'élançait au premier rang, en brandissant son tomahawk.

— J'ai connu mon fils, il y a bien longtemps, dit-elle d'une voix mélancolique, quand il voltigeait avec ma fille sur les bords de l'Amazone, tous deux folâtrant parmi les fleurs qui tendaient devant eux leurs coupes de suc parfumé. Puis la mort les sépara, et le Grand-Esprit envoya leur âme animer deux corps de Peau-Rouge; l'une dans la tribu des Oyampis de la grande peuplade des Caraïbes, l'autre dans un carbet des Marawanes. Mais ce que le Grand-Esprit a uni ne saurait être séparé. Le tonnerre des Visages-Pâles a chassé les Caraïbes de leurs villages, et la tribu des Oyampis est venue dans l'Oyapock ramener Fleur-de-Vanille au jeune Aigle. J'ai vu briller leurs ailes amoureuses et je les ai reconnues, quand le jeune homme intrépide et la vierge pure ont échangé naguère le baiser d'adieu près des ajoupas marawanes; c'est pourquoi le jeune Aigle et la Vanille des bois seront unis. Mais mon fils a parlé de tuer cet enfant des ténèbres qui s'appelle aujourd'hui le Chat-Sauvage. Le jeune chef des Marawanes n'a-t-il donc pas fait un serment aux vieillards de trois nations dans la chasse aux jaguars?

Le jeune homme regarda la mère de sa fiancée avec un étonnement qui ressemblait à de l'effroi.

La prophétesse sourit.

— Mon fils oublie qu'il parle à la Grande-Phalène, dit-elle; les papillons des bois ont un vol rapide, et ils viennent chaque jour raconter à leur souveraine tout ce qui se passe dans la forêt. Les papillons ont vu trente vieillards renommés par leur sagesse, dix Oyampis, dix Marawanes et dix Pirious fumer le calumet et enterrer la hache de guerre; ils ont vu les jeunes guerriers se serrer la main, et jurer de s'unir pour combattre les Visages-Pâles qui s'établissent sur les bords du grand lac Salé, et ils sont venus dire ces choses aux oreilles de la Phalène des Oyampis. Les papillons ont-ils menti? Que le jeune chef réponde!

En ce moment le cri rauque d'un oiseau de proie se fit entendre à quelque distance, paraissant venir des nues.

L'Indien tressaillit et tourna vivement la tête.

La prophétesse, entendant ce cri, fit un mouvement de surprise, et regardant fixement le jeune homme, lui dit d'un ton de doux reproche :

— Mon fils m'avait dit qu'il était seul. Pourquoi a-t-il trompé sa mère?

— L'Aigle des Marawanes ne ment pas, répondit le chef : je suis venu seul sur mon canot. Si un ami m'a suivi, c'est à mon insu.

Un autre cri plus rapproché retentit dans le silence de la nuit.

— C'est bien, dit la prophétesse; que mon fils aille rejoindre son ami, mais qu'ils veillent! le Chat-Sauvage a l'oreille ouverte, et il sait que les aigles dorment la nuit. — Que mon fils parte, répéta-t-elle avec autorité, en voyant que le jeune homme allait répondre, et que pas un couteau ne brille, que pas une chevelure ne soit enlevée, ou Fleur-de-Vanille est perdue pour le jeune Aigle.

Ayant dit ces mots, la prophétesse quitta le Marawane et rentra dans le camp des Oyampis mis en rumeur par ces cris d'oiseau de proie qui leur semblaient justement suspects à une pareille heure.

Le Chat-Sauvage achevait de donner ses ordres, et dix jeunes gens se glissaient dans les broussailles, au moment où la mère de Fleur-de-Vanille passa devant le feu pour aller rejoindre sa fille.

— On dit que la Grande-Phalène aime les oiseaux de proie, lui dit le Chat-Sauvage avec un sourire sinistre; mes jeunes guerriers vont en prendre un dans la forêt; ils le lui apporteront.

La prophétesse ne répondit pas, et entra dans sa cabane.

Fleur-de-Vanille avait aussi entendu le cri de l'Aigle. Elle s'était brusquement levée de la couche de feuilles sèches sur laquelle elle se tenait assise, et palpitante, une main sur son cœur et la tête penchée, elle écoutait.

La Grande-Phalène la surprit dans cette attitude.

— Ma fille écoute les oiseaux chanter? dit-elle en souriant.

La jeune fille répondit par un éclat de rire joyeux au sourire de sa mère; elle passa un de ses bras ronds et fins autour du cou de la prophétesse, et lui dit de sa voix douce et gaie qui ressemblait au chant de l'oiseau moqueur :

— L'Aigle Marawane est le roi de la forêt. Il est là-bas et il est ici; il regarde le soleil en face, et il parle à sa fiancée à la clarté des étoiles. Fleur-de-Vanille a écouté, et elle a entendu le battement de son aile.

— Le Chat-Sauvage a écouté aussi, et a entendu, dit la Phalène; il veut prendre l'Aigle et lui arracher les plumes, pour que le bruit de ses ailes n'empêche plus les jeunes filles oyampis de dormir.

— Le Chat-Sauvage rampe dans les buissons, dit la jeune fille avec un souverain accent de mépris, mais l'Aigle plane dans les nues; le noble oiseau s'abattra sur la méchante bête et la tuera.

Comme elle achevait ces mots, un grand bruit se fit entendre. Les jeunes gens rentraient dans le camp en poussant des cris de triomphe; ils ramenaient un prisonnier que tous les Oyampis, hommes et femmes, s'empressaient d'aller examiner.

La prophétesse et Fleur-de-Vanille se précipitèrent hors de leur cabane; mais elles poussèrent un cri de joie en reconnaissant que le prisonnier n'était pas l'Aigle des Marawanes, mais un jeune homme de sa tribu, nommé le *Coureur-des-Bois,* frère de lait et ami du jeune chef.

On amena le prisonnier devant le Chat-Sauvage, qui attendait, assis sur un tronc d'arbre, avec la gravité calme d'un chef. En entendant les cris de triomphe de ses guerriers, et ces mots : Un prisonnier! un prisonnier! répétés par la foule qui se pressait autour d'eux, un éclair de joie féroce avait brillé dans les yeux de l'Oyampi; mais, quand il aperçut le captif, sa joie fit place au désappointement. Il ne put réprimer un mouvement de colère.

— Mes jeunes gens sont allés chasser l'aigle, et ils ont pris une linotte! dit-il avec mépris.

L'orgueil du prisonnier se révolta de cet injurieux dédain.

— Les linottes marawanes crèvent les yeux des chats oyampis, s'écria-t-il. Que le Caraïbe mangeur d'hommes soit donc fier d'en dévorer une, et qu'il aiguise ses dents; car ma peau est dure.

— C'est bien, dit froidement le Chat; la linotte ne chantera plus.

Il fit un signe, et l'on emmena le Coureur-des-Bois dans une hutte, dont deux guerriers gardèrent la porte.

Vers le milieu de la nuit, la prophétesse se leva sans bruit et voulut sortir de sa cabane; mais un homme, couché en travers du seuil, se dressa tout à coup devant elle, et lui fit signe de rentrer.

Le Chat-Sauvage se promenait lentement à la lueur des étoiles, surveillant lui-même les sentinelles qu'il avait postées autour du camp.

— Que ma mère me pardonne, dit-il, en s'approchant de la Phalène indignée, les Oyampis tiennent à leur prophétesse et à leur Vanille parfumée; ils ont peur qu'elles ne s'égarent avec les coureurs des bois, et que les aigles rôdeurs ne les emportent.

La Phalène regarda fixement le Chat-Sauvage, fit un geste méprisant, et rentra dans sa cabane.

Le lendemain, au point du jour, les guerriers s'assemblèrent en conseil pour délibérer sur le sort du Coureur-des-Bois.

Comme cette expédition était composée des hommes les plus féroces de la tribu, choisis par le Chat-Sauvage parmi ses plus fanatiques partisans, le résultat du conseil n'était pas douteux; le prisonnier devait mourir.

Déjà les jeunes guerriers plantaient le poteau auquel leur ennemi allait être attaché pour les tortures, et amoncelaient le bois sec qui devait consumer l'ami de l'Aigle des Marawanes, car le Chat-Sauvage, pressé de lever le camp et de regagner les villages oyampis, avait annoncé qu'on ne mangerait pas le prisonnier, selon l'horrible coutume des Caraïbes.

Le Coureur-des-Bois était si maigre, que le désappointement de ses vainqueurs n'avait pas été trop pénible.

Dans le conseil, un seul Indien penchait pour retarder le supplice, non par clémence, mais par gourmandise. C'était un vieux Caraïbe farouche qui tenait opiniâtrément aux usages de la tribu, et était friand de chair humaine.

— A quoi bon brûler le Coureur-des-Bois, dit-il, et faire dévorer par les flammes un régal aussi précieux? Emmenons le prisonnier dans nos carbets. Le gibier ne manque pas, les patates sont abondantes; les femmes oyampis engraisseront le captif, et, quand il sera gras, les guerriers le mangeront. Rien n'est bon comme un Marawane cuit sous la cendre. J'ai dit.

Un murmure approbateur suivit cette harangue. La perspective d'un Marawane engraissé à point et cuit sous la cendre, flattait évidemment l'imagination des guerriers.

Le Chat-Sauvage se hâta de combattre cette opinion gastronomique qui compromettait sa vengeance; car il connaissait l'amitié du jeune Aigle pour le Coureur-des-Bois, et frapper celui-ci, c'était déjà frapper son rival.

— Le *Vieux-Palmier* a parlé en ignorant, dit-il; il n'a jamais engraissé de Marawane. Le Marawane captif ne mange pas et meurt. Pourquoi l'emmener? pour qu'il s'échappe et aille dire dans ses villages que les Oyampis ne savent pas tuer un ennemi? Un Marawane maigre est bon à brûler. J'ai dit.

L'opinion du chef enleva tous les suffrages, et le conseil allait prononcer la mort du Coureur-des-Bois, lorsque la prophétesse parut.

Un murmure de satisfaction accueillit la magicienne dont le pouvoir redouté et la sagesse reconnue étaient fort respectés des sauvages Oyampis.

— J'ai appris que mes frères délibéraient, dit-elle, et je suis venue.

— La délibération est finie, dit le Chat-Sauvage; un Marawane va être brûlé. Ma mère est Oyampi, elle assistera à ce spectacle, et son cœur sera joyeux.

— La Grande-Phalène n'est pas Oyampi, dit gravement la prophétesse.

Un signe général d'étonnement suivit cette déclaration inattendue.

— La Grande-Phalène n'est pas Oyampi, répéta-t-elle. Une femme oyampi n'est pas prisonnière dans le camp de son peuple. La Grande-Phalène n'est pas même une peau rouge, quoiqu'elle en ait le visage et le cœur, car les guerriers n'insultent pas leurs femmes. La Grande-Phalène est une face pâle et le Chat-Sauvage veut manger sa chair.

Ces paroles soulevèrent une exclamation d'horreur. Le Chat-Sauvage fronça les sourcils; le Vieux-Palmier se leva :

— Ma sœur est peau rouge, dit-il en étendant la main avec solennité; elle est née sur les bords du lac Salé, dans la grande île des Caraïbes. Ma sœur est Oyampi, et Cœur-Dur fut son époux.

Les sauvages firent un signe d'approbation.

— Le Chat-Sauvage a tué l'époux, dit amèrement la prophétesse; pourquoi ne voudrait-il pas manger la femme?

— Le Chat-Sauvage a tué Cœur-Dur, affirma encore le Vieux-Palmier, assez content peut-être de se venger de son échec oratoire.

Le Chat-Sauvage tremblait de colère. Cette diversion pouvait sauver le Coureur-des-Bois; il devinait que la prophétesse n'avait pas eu d'autre intention en soulevant cette querelle, que d'entraîner dans cette nouvelle discussion l'esprit mobile des Indiens et de leur faire oublier le captif.

Il se hâta de prendre la parole.

— Un nuage s'est élevé entre ma mère et moi, dit-il d'une voix conciliante; mes frères m'aideront à le dissiper. La prophétesse des Oyampis n'est pas prisonnière dans le camp de son peuple, quoique j'aie placé un guerrier à sa porte pour protéger ses méditations. Si j'ai mal fait, ma mère me pardonnera. Mais nos jeunes gens regardent le bûcher et désirent voir comment un Marawane sait mourir.

Et sans attendre la réponse du conseil, le chef fit un signe. Aussitôt deux guerriers amenèrent le Coureur-des-Bois qui s'avança fièrement en entonnant son chant de mort.

Mais, au moment où l'on attachait le prisonnier au poteau, et où le Chat-Sauvage regardait la prophétesse avec un sourire de triomphe, les sauvages poussèrent un cri et coururent aux armes, tandis que les femmes effrayées se serraient autour de la Grande-Phalène, en regardant avec terreur un jeune indien qui s'avançait seul dans le camp, son tomahawk à sa ceinture, son arc détendu à la main, impassible au milieu de l'effroi et de la colère qu'excitait sa présence.

C'était l'Aigle des Marawanes.

Il s'avança lentement vers le bûcher, écarta du pied les branches sèches qui fumaient déjà, coupa avec son couteau les liens qui attachaient son ami au poteau fatal, et se tournant vers les guerriers qui le regardaient avec stupeur, il dit de sa voix jeune et grave :

— Mon ami s'est égaré dans la forêt et il est entré chez les Oyampis. Je viens chercher mon ami.

Un cri d'admiration sortit de toutes les poitrines oyampis à la vue de cet acte d'audace : le jeune chef était seul. Plusieurs guerriers s'élancèrent pour lui fermer la retraite, car c'était une grande gloire pour la tribu que de prendre vivant un tel ennemi. Mais à la vue de son rival aimé, le Chat-Sauvage ne put contenir sa fureur. Il saisit son tomahawk et le lança sur le jeune Aigle qui se baissa pour éviter le coup.

Au même instant Fleur-de-Vanille accourait; elle avait entendu la voix du Marawane et elle venait mourir avec lui.

L'arme meurtrière passant au-dessus de la tête du jeune

Aigle, atteignit la vierge qui tomba en poussant un cri.

A ce cri plaintif un cri farouche répondit. Il était poussé par la Grande-Phalène qui, voyant tomber sa fille, se jeta comme une tigresse sur le Chat-Sauvage, arracha de la ceinture du chef oyampi le couteau qui y était placé et le lui planta jusqu'au manche dans la poitrine.

Ce mouvement avait été si rapide que le Chat-Sauvage tomba mort avant qu'un bras se fût levé pour arrêter la prophétesse.

— Je t'avais bien dit, s'écria-t-elle en poussant du pied le corps du sauvage, que le couteau vengeur était près de toi

— Le Chat-Sauvage a tué Cœur-Dur, il vient de tuer la Vanille-des-Bois; sang pour sang! La prophétesse est dans son droit, dit sentencieusement le Vieux-Palmier.

La Phalène roulait autour d'elle des yeux égarés; apercevant le corps ensanglanté de sa fille dont le jeune Aigle soulevait la tête, en pleurant sur son front pâli; elle s'élança d'un bond sur elle, la prit dans ses bras et la tint debout pressée sur sa poitrine.

A ce moment l'attention des Indiens fut détournée de ce spectacle par un nouvel événement. Dix vieillards entraient dans le camp en se tenant par la main : trois Pirious, trois Marawanes et quatre Oyampis. Parmi ces derniers, était la *Langue-Droite,* chef suprême des Caraibes de la Guyane.

A la vue du Chat-Sauvage étendu mort et rougissant l'herbe de son sang, les vieillards s'arrêtèrent.

— L'Aigle des Marawanes a oublié son serment; le sang des

peaux rouges a encore coulé! dit la Langue-Droite en regardant fixement le jeune chef.

— L'Aigle des Marawanes n'a pas frappé, dit le jeune chef; que la Langue-Droite regarde, mon couteau n'a pas quitté ma ceinture.

Le Vieux-Palmier s'approcha, tandis que les Oyampis considéraient avec étonnement les vieillards des nations ennemies qui se tenaient toujours par la main. Le Vieux-Palmier expliqua en quelques mots les événements à la Langue-Droite.

— C'est bien, dit le chef suprême en jetant un regard de pitié sur Fleur-de-Vanille que la Grande-Phalène essayait de ranimer sous ses caresses. Sang pour sang! ma sœur était dans son droit.

Puis, se tournant vers les Indiens :

— Enfants de la tribu des Oyampis, dit-il, les vieillards des trois nations réunis en grand conseil, ont décidé que les querelles des peaux rouges étaient finies. La hache de guerre est pour jamais enterrée entre les Pirious, les Oyampis et les Marawanes. La guerre d'extermination est déclarée contre les visages pâles, et les peaux rouges s'uniront pour combattre l'ennemi commun.

Un murmure de contentement accueillit cette déclaration; seul le Vieux-Palmier grommela avec une profonde expression de regret :

— Les Oyampis ne mangeront plus de Marawane. Le Marawane est bon cuit sous la cendre!

Cependant la prophétesse venait de pousser un cri de joie;

elle s'était aperçue que Fleur-de-Vanille respirait encore.

Le jeune Aigle s'élança vers sa fiancée, la souleva dans ses bras comme une plume légère, et l'emporta dans une cabane. La Grande-Phalène examina la blessure et déclara que la vierge ne mourrait pas.

Malgré leur férocité, les sauvages Oyampis furent émus de cette bonne nouvelle; les trois vieillards Pirious et les trois vieillards Marawanes témoignèrent aussi une certaine satisfaction; le Vieux-Palmier lui-même dit :

— C'est bien.

La Langue-Droite alla visiter la blessée déjà souriante sur son lit de feuilles sèches, devant lequel le jeune Aigle se tenait agenouillé.

— Les Oyampis avaient une fleur parfumée, dit-il en regardant le jeune couple avec une affectueuse bienveillance; l'Aigle Marawane va l'emporter dans son aire. Qui consolera les Oyampis quand ils chercheront leur Vanille-des-Bois et qu'ils ne la trouveront plus.

— Mes amis Oyampis viendront dans le carbet de l'Aigle, dit le jeune chef en saluant le vieillard, et l'Aigle la leur montrera.

— Mon fils a bien parlé, dit la Langue-Droite en serrant la main du jeune homme.

Un mois après ces événements, Fleur-de-Vanille, faible et languissante encore, mais complétement sauvée, recevait les adieux de son fiancé qui ne devait l'épouser qu'au retour de la guerre déclarée aux établissements français.

Le jeune chef agenouillé aux pieds de la Vanille-des-Bois assise sur un banc de mousse, au pied d'un palmier que le vent courbait sur leur tête, pressait contre son cœur la main de sa bien-aimée.

Cachée à quelques pas dans les feuilles, la Grande-Phalène contemplait avec joie ce doux spectacle et murmurait tout bas :

— Il y a longtemps, longtemps, mon fils et ma fille folatraient dans les airs parmi les fleurs parfumées. J'ai vu briller leurs ailes amoureuses et je les ai reconnues.

Fleur-de-Vanille donna au jeune Aigle l'arc de Cœur-Dur soigneusement conservé par la veuve du vaillant Oyampi.

— Que mon fiancé parte, dit-elle; s'il revient, Fleur-de-Vanille sera heureuse; s'il est prisonnier, Fleur-de-Vanille ira le rejoindre; s'il meurt, Fleur-de-Vanille mourra.

Le chef Marawane se couvrit de gloire dans la guerre où, malgré son courage, les sauvages furent vaincus par le tonnerre des visages pâles. Quand la paix fut faite avec les Français, le jeune Aigle revint, et Fleur-de-Vanille fut heureuse.

— Chère princesse, dit la marquise, votre jeune Aigle me semble un assez gentil garçon et Fleur-de-Vanille une jeune personne fort intéressante, mais je vous jure que, malgré les qualités de vos héros, toutes leurs peaux rouges ne me tenteraient guère. D'abord, à en juger par ces portraits que vous avez là, ils doivent être affreux sous leurs peintures de guerre.

— Il est vrai qu'ils ne sont pas beaux, répondit Ginebra; mais qu'est-ce que la beauté, chère marquise, une chose de pure convention. Chaque race, je dirai presque chaque contrée a son idéal qui généralement est une affreuse monstruosité aux yeux des autres peuples. Par exemple, croyez-vous que notre coutume de nous pendre des diamants aux oreilles ne semble pas très-ridicule et même très-difforme aux dames d'Afrique et d'Asie, qui ont l'habitude de se planter des anneaux d'or dans le cartilage du nez?

— Sans compter, ajouta Cazotte, que nos perruques poudrées de blanc, votre rouge et vos mouches, ma chère dame, doivent paraître singulièrement grotesques à ces enfants de la nature qui se teignent de rocou, mâchent du bétel, ou graissent leurs cheveux avec de l'huile de baleine.

— N'importe, dit la marquise, si jamais je rattrapais mes

dix-huit ans depuis si longtemps envolés, hélas! je n'irais pas faire l'amour dans les forêts vierges.

— Tiens, s'écria Cazotte, dont les regards parcouraient les peintures du salon, voici deux danseurs espagnols dont les traits ne me sont pas inconnus; n'étaient ces ailes qui doivent ajouter singulièrement à la légèreté de leurs jambes, je jurerais que j'ai sous les yeux le marquis et la marquise de Bressuire, avec qui j'ai dîné dernièrement chez un fermier général.

— Et vous ne vous tromperiez pas, dit la princesse. Allons, marquise, c'est à vous de nous raconter l'histoire des amours et du mariage de ce couple charmant; car c'est d'après votre récit que j'ai consigné leurs portraits dans cette galerie historique.

— Écoutez donc, dit la marquise.

VERTU MÉDICALE
DU BOLÉRO

La destinée est bizarre, fort heureusement pour nous; si elle calculait ses coups aussi régulièrement qu'un marchand de draps d'Elbœuf, la vie serait par trop monotone, et l'on n'aurait jamais rien d'imprévu à apprendre ni à conter.

Qui avait amené, par exemple, ces deux jeunes gens pittoresquement vêtus à l'espagnole, à danser ainsi sans témoins, à l'heure où pâlit la dernière lueur d'un crépuscule du mois de juin?

En pleine Castille, la chose eût semblé naturelle, mais la scène se passait en France, à Versailles, à la cour si attiédie, si compassée, si cérémonieuse, si contagieuse de bâillement et d'ennui des dernières années du règne de Louis XIV.

L'influence de madame des Ursins était en ce temps-là dans toute sa force à la cour de Philippe V. Elle avait entouré de créatures à elle, d'une camarilla qui lui était dévouée, le faible Bourbon qui régnait sur l'Espagne. Toutes les ambitions se tournaient vers elle, car toutes les fortunes se faisaient avec son approbation, toutes les faveurs royales passaient par ses mains.

Au nombre de ses protégés se trouvait un don Pedro de Fresal y Santa-Cruz, que l'on avait fait revenir de Manille, dont on lui enlevait la capitainerie-générale, pour cause de rapines et de malversations. Ce don Pedro, de retour à Madrid, avait trouvé dans le premier ministre, Grimaldo, un contrôleur sévère et très-porté à faire rendre gorge à son proconsul concussionnaire.

Dans cette extrémité, et pour conserver ses trésors mal acquis, l'ex-capitaine-général eut recours à madame des Ursins. Il lui offrit, pour lui être plus agréable, sa fille Semilla à faire élever en France.

La princesse se montra en effet très-sensible à un pareil hommage : elle aimait fort à envoyer les rejetons des familles riches et nobles se façonner à Versailles, persuadée que cette éducation les ramènerait en Espagne dévoués à l'influence française. Semilla de Santa-Cruz me fut donc envoyée avec l'autorisation de la modeler à ma fantaisie, comme on vous envoya quelque temps après, chère Ginebra, votre volage cousin don Juan.

Moyennant ce sacrifice paternel, don Pedro vit annuler l'influence du ministre, et put jouir en paix de ses millions.

Ce qu'était la jeune créole, fraîchement arrivée des grands archipels de la mer des Indes, je ne puis le mieux dire qu'en citant un fragment de la lettre d'envoi. Voici le portrait de Semilla d'après madame des Ursins.

« Je ne veux pas vous prendre chat en poche, chère mar-
« quise, je vous apprendrai tout d'abord ce que vaut, en
« sortant de mes mains, notre jolie protégée. Elle ne res-
« semble en rien à nos créoles d'Amérique; l'indolence n'est
« pas son fait : vive au contraire, rieuse, remuante, causeuse,
« aimant la danse à l'excès. Il n'y aura qu'à élaguer dans ce
« petit naturel en combustion.

« Sa sensibilité passe l'imagination : elle a failli mourir en
« quittant Manille; elle a failli mourir en quittant son père. Il
« faudra, n'est-il pas vrai, jeter quelques flocons de neige
« sur cette végétation trop drue.

« Du reste pleine de fantaisies et de volontés, qui ne seront
« pas toujours, je le crains, au goût de la société, un peu trop
« majestueuse, où elle va se trouver transplantée tout à coup.
« Elle ne marche pas, m'a dit don Pedro, elle bondit; elle ne
« se promène pas, elle s'envole; elle ne désire pas, elle réalise
« à l'instant ses caprices.

« Ce n'est pas une jeune fille, c'est un bengali; c'est quel-
« que chose de plus capricieux, de plus inconstant encore,
« c'est un papillon. Il faudra rogner d'un bon doigt ses ailes,
« si elle ne consent pas d'elle-même à les replier. »

Or, ce bengali si joyeux, ce papillon si éveillé abattit son vol fantasque un jour de septembre, dans les jardins solennels de la solennelle cité de Versailles. L'installer chez moi fut l'affaire d'un coup de filet.

J'habitais alors, dans l'une des ailes du grand palais, un de ces petits appartements si étroits et si enviés malgré leur étroitesse, une de ces bonbonnières auxquelles donnaient droit la faveur royale et des titres de noblesse authentiques remontant à la dernière année du XIVe siècle. Comme tant d'autres, je laissais un bel hôtel bien vaste, bien aéré, splendidement campé entre cour et jardin, pour un réduit où j'avais à peine assez d'air pour respirer.

C'était, à vrai dire, une loge d'acteur où l'on prend le costume et le rouge avant d'entrer en scène. Seulement comme la pièce royale durait tout le jour, il fallait se caser là à demeure fixe, de peur de manquer ses entrées.

Semilla de Santa-Cruz dut à son arrivée partager avec moi cette espèce de niche à courtisans; ce fut la première de ses déceptions. Quelques jours après, je la présentai à la cour; le roi la remarqua à peine, et madame de Maintenon, croyant favoriser la protégée de madame des Ursins, parla d'envoyer la jeune créole perfectionner son éducation à Saint-Cyr.

Cette double réception ne fut pas du goût de Semilla; elle prit le vieux couple en aversion.

Elle assista aux promenades officielles dans les jardins tracés par Lenôtre; les arbres lui semblèrent aussi guindés que les courtisans. Elle prétendit que tout était, à Versailles, taillé, faux et en dehors de la nature; tout lui paraissait affublé de perruques et de vertugadins.

Or, en présence de tous ces graves objets, hommes corrects ou végétaux façonnés, la pauvre fillette n'osait prendre son vol et courir à son gré sur les gazons verts.

Elle ne pouvait non plus hasarder sa parole habituée à toutes les boutades de la fantaisie au milieu des conversations à formules convenues auxquelles elle assistait bien contre son gré.

Au spectacle, l'immobilité des acteurs et la longueur des tirades en vers qu'ils échangeaient entre eux la désespéraient.

Au bout de quelques semaines, elle avait goûté à toutes les félicités que répandait autour de lui le grand roi; elle avait pris en dégoût ces joies fabuleuses, ces fêtes dorées, dont la réputation est encore si bien établie en ce moment.

Le contraste de tout cela avec ses propres désirs et ses élans naturels était trop violent, elle en fut accablée. La transition d'une existence volontaire et fantasque à une vie où le plaisir et l'agitation avaient leur mesure définie et leur étiquette préparée, avait été trop brusque.

De déception en déception la pauvrette tomba dans une mélancolie sombre; elle devint muette même avec moi et refusa désormais de paraître à la cour.

Je regardai cela comme un caprice et n'y fis d'abord pas grande attention; mais sa volonté d'isolement et de mutisme persista. Je commençai enfin à m'en inquiéter, en voyant sa santé pâtir de cette obstination d'ennui. De jour en jour la pauvre Semilla pâlissait et maigrissait; le sourire, même celui de la tristesse, ne paraissait plus sur ses lèvres.

A tous les efforts que je faisais pour l'égayer, à toutes les questions bienveillantes que je lui adressais sur son état, elle répondait uniformément.

— Ah! Madame, je m'ennuie, je m'ennuie tant que j'en mourrai.

Je fis venir Dodart le médecin de sa majesté.

— Ce n'est rien, Madame la marquise, me dit-il avec aplomb, un peu de distraction et la vivacité de mademoiselle aura reparu.

De la distraction, c'était bientôt dit, mais laquelle? Semilla ne voulait pas se distraire. Si je la forçais à assister à quelque fête, elle en revenait plus triste et plus découragée. C'était peut-être de l'isolement et de l'air libre qu'il lui fallait. Je pris sur moi de la transporter dans mon hôtel; je fis rafraichir pour elle et égayer un petit pavillon qui donnait sur le jardin.

Cela me réussit un moment, les derniers soleils d'octobre semblaient la ranimer; le bonheur seul de ne plus être au centre des plaisirs convenus de Versailles la charmait infiniment. Cependant les feuilles disparurent des arbres, l'hiver vint avec ses brumes et ses frimas; or, les chauds rayons, la lumière et la verdure étaient un besoin vital pour Semilla. Le froid et les brouillards la replongèrent plus obstinément encore dans son ennui.

Désespérée, je fis venir l'illustre médecin hollandais Helvétius, auquel le roi venait de donner mille louis d'or pour ses merveilleuses applications de l'ipécacuanha.

— C'est une fièvre lente, affirma-t-il, faites-lui prendre chaque jour un paquet des poudres que voici, dans un verre de vin de Ténériffe, et la santé de votre pupille reviendra.

Dès que le grand docteur eut tourné les talons, Semilla s'empara des poudres laissées par lui et les jeta au vent.

Encore une consultation inutile, que fallait-il faire?

— Je ne veux plus voir de médecins, me dit la jeune créole, ils ne connaissent rien à mon mal, qu'ils me laissent mourir en paix.

Je n'espérais plus guère dans la science des médecins; deux des plus célèbres, Dodart et Helvétius, avaient été consultés inutilement; pouvais-je espérer trouver plus d'habileté chez leurs confrères.

Cependant, afin de sauver ma responsabilité, je voulus faire une dernière tentative.

On parlait beaucoup depuis quelque temps du docteur Chirac, le même qui devint plus tard premier médecin du régent, puis de Louis XV; je l'appelai auprès de ma malade.

Ce dernier mit plus de circonspection à prononcer son jugement. Il me demanda avec soin le pays de Semilla, son caractère primitif, le genre de vie qu'elle avait mené jusqu'à son arrivée à Versailles. Il désira causer familièrement lui-même avec la pauvre enfant à qui j'avais soigneusement caché sa qualité de docteur. Il revint plusieurs jours de suite; ce phénomène d'une âme désolée détruisant lentement un corps jeune et plein de sève l'intéressait au plus haut degré.

— Mademoiselle de Santa-Cruz, me dit-il enfin, ne peut pas guérir par les soins de la médecine ordinaire.

— Il n'y a donc plus de remède, docteur?

— Il y en a toujours à cet âge, Madame, mais c'est à elle à les accepter. En voici d'abord un qui à coup sûr serait de son goût. Renvoyez-la à son père, avec la recommandation formelle de ne pas la laisser à la cour d'Espagne plus guindée et plus cérémonieuse mille fois que celle de Versailles. Qu'il lui choisisse un coin de l'Andalousie bien lumineux, bien chaud, dont la brune jeunesse passe la moitié de ses nuits à des danses pleines de vie et de passion.

— Hélas! docteur, cela est presque impossible; madame des Ursins traite la désespérante tristesse de Semilla de boutade d'enfant gâté. Selon elle, je devrais la forcer à retourner à la cour, où elle se plaira fort bien, dit-elle, lorsqu'elle sera plus formée aux belles manières et au bon goût.

— Madame des Ursins est une pécore! s'écria d'un ton bourru le docteur; ces ambitieuses forcenées sacrifient tout à la moindre de leurs fantaisies. Qu'elle ne s'avise pas, si elle revient en France, d'avoir jamais besoin de moi. Au surplus, il reste encore un autre moyen de salut.

— Ah! donnez-le-moi bien vite, docteur.

— Il faudrait que la jeune fille s'éprît tout à coup d'une grande passion, d'un amour qui vînt réchauffer son sang et remettre le feu de la vie dans ce joli corps qui dépérit; mais dans l'état où elle est, une circonstance étrange, bizarre, exceptionnelle, qu'il nous est peu facile de faire naître, pourrait seule susciter en elle cette reprise salutaire à l'espérance.

— Et le pourrions-nous, docteur, qu'il faudrait encore abandonner cette idée; c'est une riche héritière que la princesse des Ursins veut tenir à sa disposition pour en dorer une de ses créatures d'au-delà des Pyrénées.

— Au diable madame la princesse des Ursins! s'écria de nouveau le docteur; cette intrigante surannée aura tort pour cette fois : cette jolie victime humaine ne périra pas, ou je serais bien maladroit.

Disant cela, Chirac prit brusquement sa longue canne à pomme d'ivoire et son chapeau, et disparut presque sans me saluer.

Je sus bon gré au docteur de sa promesse de sacrifier l'ambition de mon orgueilleuse amie à la santé de la pauvre Semilla, à laquelle je m'étais sérieusement attachée.

La jeune fille, de son côté, sans connaître rien des intentions de Chirac, l'avait pris en amitié.

Cependant ses visites devinrent moins fréquentes, et quand il venait, il me parlait à peine, se contentant de faire en tête à tête un tour de jardin avec Semilla. Au lieu de continuer à la questionner, il lui contait des histoires et lui parlait de son pays où il était allé, en 1707, comme médecin des armées à la suite du duc d'Orléans. Et tout en contant, il examinait la physionomie de la jeune fille, afin de saisir ses désirs et ses goûts favoris dans le jeu de sa pâle figure.

Malgré cela, j'attendais toujours l'effet de sa promesse, et je ne voyais rien venir. Si la tristesse navrante, si la consomption d'ennui qui rongeait Semilla n'empiraient plus avec la même rapidité, la santé et la joie ne revenaient pas encore.

Nous atteignîmes ainsi le commencement du printemps. Déjà la verdure d'avril égayait les branches des tilleuls et des sycomores; les marronniers et les lilas montraient leurs fleurs; mais le joli papillon des tropiques ne fit pas une avance aux fleurs du nord, et Chirac depuis quelque temps n'avait pas reparu.

Un soir, il y avait bal et grand spectacle à la cour, où l'on cherchait à s'étourdir sur les revers qui, depuis quelque temps, frappaient sans relâche les armes françaises. Je laissai Semilla, qui refusa formellement de me suivre, et je me rendis au château par devoir et sans aucune envie de m'y réjouir.

Ma jolie désolée s'installa au balcon du petit pavillon qu'elle habitait dans mon jardin, et, semblable à une statue de la mélancolie, elle se mit à regarder les nuages en pensant à son enfance et à son pays. C'était là son occupation la plus ordinaire; tous les efforts que je faisais pour la retirer de cès énervantes rêveries étaient perdues : elle ne détournait même pas la tête pour répondre à mes avances.

Depuis quelques jours, j'avais placé dans sa chambre une guitare de forme espagnole que le docteur lui avait envoyée. Elle l'avait à peine regardée; ce soir pourtant, elle eut, chose rare, la fantaisie de donner une forme matérielle à ses regrets. Elle prit l'instrument et improvisa une plaintive cantilène dans la poésie facile de sa langue maternelle.

Nous donnons ici à nos lectrices l'air original sur lequel Semilla chanta cette improvisation.

I

Beau nuage argenté qui vole,
Ah! si je pouvais, avec toi,
Suivre le vent qui vient du pôle
Pour fuir les fêtes du grand roi!
Si tu me prenais en passant
Sur ta coupole aérienne,
Je m'en irais à perdre haleine
Retrouver mon pays absent.

II

J'ai rêvé que j'avais des ailes,
Ah! que ne puis-je m'en servir
Avec les frêles demoiselles
Dans les joncs du Guadalquivir!
Vent du nord qui siffle en passant,
Prends-moi comme un brin de verveine;
Je veux aller à perdre haleine
Retrouver mon pays absent.

III

Sous le ciel terne de Versailles,
Je me sens toujours le frisson;
Je meurs avant mes fiançailles:
Voici ma dernière chanson.
Emporte un regret impuissant,
O brise qui rase la plaine!
Va murmurer loin de la Seine
Mes adieux au pays absent.

LE PAYS ABSENT

Musique par Allyre Bureau.

vent qui vient du pô - le Pour fuir les fê-tes du grand roi;
Si tu me prenais en passant Sur ta coupole a - é - rien ne, je m'en i -
- rais, à perdre ha-lei - ne, Retrou-ver mon pa-ys ab-sent, Je m'en i -
rinf.
ritenuto.
- rais, à perdre ha - lei - ne, Retrou-ver mon pa - ys ab - sent.
D. C. al segno
tempo di bolero.

2e Couplet.
J'ai rê - vé que j'a-vais des ai - les, Ah ! que ne puis-je m'en ser -
- vir A-vec les frê - les de-moi - sel - les Sur les bords du Gua-dal - qui - vir !
Vent du nord qui souffle, en pas-sant, Prends-moi comme un brin de ver-vei- ne, Je veux al -
vibrato.
- ler, à perdre ha - lei - ne, Re-trou - ver mon pa-ys ab - sent. Je veux al -
crescendo.
ritenuto. F
- ler, à perdre ha - lei - ne, Re- trou - ver mon pa - ys ab - sent.
3e Couplet.
Sous le ciel ter-ne de Ver - sail - les, Je me sens toujours le fris -
- son ; Je meurs a - vant mes fi - an - çail - les, Voi - là ma der-niè - re chan - son !
dolce.
Em-porte un regret im-puissant, O bri-se qui ra - se la plai-ne ! Va murmu-rer loin de la
cres-
Sei - ne Mes a-dieux au pa - ys ab - sent ! Va murmu - rer loin de la Sei- ne Mes a -
- - - cendo.
ritenuto. F
- dieux aux pa - ys ab - sent !
decrescendo
Procédés de Tantenstein et Cordel,
92, rue de la Harpe.—Paris.

le Bolero

Elle en était là de sa dolente improvisation quand un bruit vif, joyeux et rapide de castagnettes, habilement mises en jeu sur la mesure du boléro castillan, vint la tirer de ses désolantes pensées.

L'effet de ce coup de théâtre fut pour elle une véritable révolution. Elle se dressa tout à coup, laissant glisser la guitare; elle devint rouge comme une fleur de grenadier et mit la main sur son cœur pour en comprimer les battements.

Cette pauvre enfant si faible, si abattue une seconde auparavant, redevint tout à coup forte et joyeuse; l'Espagne était là, chantant à ses oreilles avec le son de ses gracieux hochets d'ébène. Sans réfléchir, elle écarta tout à fait la longue jalousie dont les lames soulevées ne lui laissaient entrevoir que les nuages, et d'un bond, ou plutôt d'un coup d'aile, elle se trouva transportée sur la plate-bande, où les premières fleurs du printemps s'entr'ouvraient sous son balcon.

Un jeune homme était là, beau comme un rêve, au corps mince et fluet, brodé, semé d'or, portant à ses épaules le souhait idéal de tous les cœurs jeunes, des ailes aux couleurs chatoyantes, avec lesquelles il semblait être descendu du ciel.

Était-ce un amant? était-ce un papillon des bords du Guadalquivir? Pour elle, ce fut tous les deux. Si vous eussiez été là, ma chère Ginebra, vous auriez vu Semilla. ravivée par la passion, agiter à son tour la belle paire d'ailes dont vous l'avez ornée, en peignant cette scène gracieuse sur mon simple récit.

Les deux jeunes gens n'échangèrent pas une parole. Ils semblaient craindre tous deux de voir s'évanouir leur ravissante apparition. Ils dansèrent avec un entrain, une vigueur et une grâce surhumaine; ils tournoyèrent mutuellement autour l'un de l'autre, à la manière des papillons qui se poursuivent entre les roses; ils bondirent longtemps sur le gazon égayé de primevères et de marguerites sans presque le fouler. Un spectateur de la cour, Dangeau, par exemple, serait devenu fou à regarder leurs rapides mouvements; il se serait inutilement donné au diable pour comprendre le but de leurs interminables évolutions.

Après avoir longtemps voltigé en effleurant leurs lèvres au boute-en-train des castagnettes, ils n'avaient plus qu'à s'élever tous deux dans les airs et à gagner, en mêlant leur vol amoureux, les pays baignés de chaleur et de lumière. C'était une idée poétique, et à mon avis toute naturelle; pour ma part, je l'eusse mieux aimé ainsi.

— Et moi aussi! s'écria Cazotte avec feu.

— Rassurez-vous, intervint en souriant Ginebra, ils en viendront sans doute à trouver cette issue qui vous plaît tant.

— En tous les cas, assura la marquise de La Croix, l'idée ne leur en vint pas ce soir-là

Et elle reprit son récit interrompu.

Le danseur merveilleux toucha une dernière fois de ses lèvres la joue ranimée de la belle créole, mit un doigt sur sa bouche d'un air grave pour lui recommander le silence, puis, les yeux toujours attachés sur Semilla, il fit quelques pas en arrière et disparut dans un massif de lilas et d'ébéniers.

Restée seule, Semilla, enivrée de bonheur, dont l'imagination vive et crédule, comme celle de l'Arabe, venait d'être puissamment excitée, leva instinctivement les yeux au ciel pour voir le beau danseur aux castagnettes reprendre le chemin par lequel elle le croyait venu ; puis elle se mit à parcourir timidement les bosquets dans l'espoir d'y retrouver quelque trace de l'apparition.

Je revins de la cour sur les deux heures du matin. Mon premier soin fut de descendre au jardin pour voir si ma protégée avait consenti à quitter sa position favorite, dans laquelle je l'avais souvent surprise à une heure aussi avancée.

Jugez de mon étonnement quand je l'entendis venir du fond d'une allée, fredonnant un refrain plein de gaîté et agitant des castagnettes à la mode de son pays. Elle avait passé la moitié de la nuit à cet exercice si peu en harmonie avec l'obstination de tristesse dans laquelle je l'avais laissée.

Ce brusque changement, au lieu de me réjouir, m'inquiéta d'abord ; je ne fus pas trop éloignée de la croire folle.

— Comment, ma chère enfant, lui dis-je, vous n'êtes pas encore rentrée à cette heure ? Vous le savez, l'insomnie ne vaut rien pour votre santé.

— Ne craignez rien, ma tante, — je l'avais habituée à me donner ce titre presque maternel, — ne craignez rien ; ce n'est plus la tristesse qui me fait veiller. Je ne souffre plus ; ma tête vient d'être rafraîchie par un souffle du printemps : je renais, comme les lilas, à la joie et à la santé.

Le lendemain je la vis, en effet, se lever fraîche et souriante, rêveuse, mais rêveuse sans soupirs ni accablement.

Comme nous étions encore au déjeûner, le docteur Chirac entra. Il s'assit gravement en face de sa malade et la considéra sans mot dire; Semilla soutint en souriant ce regard de la science, et rompant le silence, elle prévint cette fois les questions de son vieil ami.

— Comme vous êtes silencieux aujourd'hui, lui dit-elle; vous allez voir que nous serons obligées de vous souhaiter le bonjour les premières.

— A la bonne heure! s'écria gaîment le docteur, je vous vois rire et causer ce matin. Vous avez donc fait cette nuit un bien joli rêve, ma chère enfant?

— Peut-être. Voyons, à quel rêve accorderiez-vous la puissance de me rendre la gaîté?

— Voilà, mademoiselle, une question qui sent quelque peu la raillerie; à mon âge, peut-on deviner les songes roses qui passent dans le sommeil des jeunes filles. Vous aurez rêvé de danses, de papillons, vous aurez entendu le bruit des castagnettes, revêtu quelque brillant costume d'au-delà des Pyrénées; que sais-je encore?.....

Le docteur disait cela avec une simplicité très-rassurante; cependant la gentille questionneuse rougit beaucoup en l'écoutant.

Un moment après, Semilla s'étant retirée, Chirac me dit confidentiellement :

— Maintenant, madame, votre belle nièce est sauvée.

— Le croyez-vous, docteur?

— J'en suis sûr, et dans quelques jours elle-même vous

priera de la conduire à toutes les fêtes et à toutes les réunions.

Trois jours de suite, au moment où l'étoile Vesper commençait à scintiller à l'horizon, le follet brillant sortait des massifs et venait entraîner Semilla au cliquetis de ses hochets d'ébène. Semilla se contenta d'abord de danser, ce qu'elle n'avait pas fait depuis son départ d'Espagne; puis la curieuse, plus rassurée, finit par lui demander son nom.

— Mon nom? je ne puis vous le dire; qu'il vous suffise de savoir que je vous aime éperdument, mais sans espoir.

— Vraiment! mais si ce n'est moi, qui donc pourrait vous décourager, dit étourdiment la jeune fille.

— C'est encore un secret qu'il m'est interdit de vous révéler, répondit tristement le danseur.

Leur conversation fut interrompue par moi qui, n'étant pas au fait de ces rendez-vous, m'étonnai grandement d'entendre, à cette heure, un bruit de voix sous les fenêtres de Semilla. Avant mon arrivée, le jeune homme avait disparu, et Semilla, dont l'embarras se dissimulait parfaitement à la faveur de la nuit, ne put ou ne voulut me donner aucune explication.

Le lendemain et plusieurs soirs de suite la créole attendit en vain le retour de celui qui l'aimait. Je la surpris cherchant avec inquiétude dans les bosquets; elle était redevenue triste et pensive; mais cette fois ce n'était plus une tristesse d'ennui, la plus mortelle de toutes les affections de l'âme.

Les dernières paroles du danseur ailé lui faisaient supposer avec raison qu'il pourrait tout aussi bien se rencontrer dans les salons de la terre que dans les travées du ciel. Elle-même, comme me l'avait prédit Chirac, me pria donc de la ramener dans le monde; cette fois elle ne voulut perdre aucune occasion d'y reparaître, tant elle avait à cœur de découvrir son beau déserteur.

Cependant ses recherches n'eurent aucun succès; elle se reprenait à croire à la nature aérienne de son visiteur.

— J'aurai, pensait-elle, été la victime d'une fantaisie de ce capricieux Génie aux ailes d'Adonis.

Les choses en étaient là, lorsqu'un jour nous reçûmes la visite d'une des plus jolies personnes de la cour, mademoiselle de Bressuire. A sa vue Semilla jeta un cri, rougit jusqu'aux épaules et s'échappa dans le jardin.

— Eh bien, s'écria la charmante visiteuse, en se plaçant devant une glace, d'où peut donc venir l'étrange effet que je produis sur votre protégée?

J'essayai d'excuser Semilla, mais mademoiselle de Bressuire, tout en riant beaucoup de l'incident, voulut aller en demander la cause à Semilla elle-même.

— Vous m'avez fait bien du mal, Mademoiselle, dit gravement la créole, en levant son œil noir plein de larmes sur celle qui la questionnait.

— Je vous ai fait bien du mal, moi! Comment cela, ma chère enfant, nous ne nous étions jamais vues.

Semilla raconta alors avec un ton de reproche navrant comment mademoiselle de Bressuire était venue surprendre son amour en costume de danseur espagnol, comment, pendant trois soirées entières, elle avait cru danser avec un amant véritable qui lui rappelait les souvenirs de sa patrie.

Mademoiselle de Bressuire était stupéfaite d'une pareille imagination; le ton sérieux de Semilla indiquait de la bonne foi ou de la folie, il y avait là dedans un secret connu de Chirac seul, et je m'expliquai ainsi le bruit de voix qui m'avait donné l'éveil quelques jours auparavant.

— Le plus jeune de vos frères, dis-je à mademoiselle de Bressuire, celui qui vous ressemble si fort, est-il ici!

— Quelle idée! répondit-elle; il y est sans doute, mais il est incapable d'inventer une si douloureuse mystification.

— Aussi ne l'a-t-il point inventée, mademoiselle. Le docteur Chirac va-t-il vous voir aussi souvent qu'autrefois?

— C'est toujours un ami de la maison. Mais, chère marquise, pensez donc que mon frère va partir pour Malte dont il sera bientôt chevalier, c'est-à-dire qu'il renonce à donner jamais une suite légitime à une passion.

— Sans doute, chère, votre frère fait cela parce qu'il est cadet et sans fortune; un beau mariage aurait pu le faire changer d'idée.

En ce moment Chirac parut tenant par le bras un jeune homme presque imberbe, rougissant et timide comme une vierge.

— Vous avez raison, marquise, dit le docteur en répondant à la dernière phrase qu'il avait entendue, un beau mariage et une femme pleine d'originalité et de beauté lui ont fait abandonner ses premiers projets

— Ah quel bonheur! s'écria étourdiment Semilla, ne pouvant contenir sa joie.

Malheureusement je dus intervenir et désespérer une dernière fois ce triple faisceau d'espérances en leur montrant une lettre toute récente de madame des Ursins qui m'enjoignait de lui renvoyer la fille de don Pedro de Santa-Cruz sans perdre de temps.

— Voyez, ajoutai-je, vous pouvez assurément passer outre, mais si vous agissez ainsi, la fortune de don Pedro s'écroule sous le poids du ressentiment de l'altière princesse.

— Eh bien! s'écria Louis de Bressuire, nous nous passerons de fortune, l'amour de Semilla, ma volonté et mon courage me suffiront amplement.

— Très-bien parler, reprit Chirac, mais ce sacrifice qui vous honore, mon cher Louis, est inutile à présent. Madame des Ursins a quitté l'Espagne disgraciée, sur la prière du roi de France, pour avoir décacheté et annoté indécemment une dépêche envoyée de Madrid à Louis XIV par son ambassadeur l'abbé d'Estrées.

Vous devinez le reste; tout se passa comme vous le désiriez : Semilla guérit de sa nostalgie obstinée, et le docteur qui, on le devine, avait lui-même donné des ailes au beau danseur, inscrivit dans ses mémoires ce miracle médical opéré au moyen d'une triple dose de boléro.

— Je n'avais jamais entendu dire que le docteur Chirac fût des nôtres, dit Cazotte; et cependant vous le faites jouer là un rôle où perce l'initiation à nos mystères et l'intelligence de nos plus précieux secrets.

— Mon ami, reprit la marquise de La Croix, Chirac n'était pas un médecin ordinaire; s'il semblait parfois se confier aux recettes employées par ses confrères, c'était pour obtenir la confiance du vulgaire, pour ne pas trop heurter les idées étroites de ses malades et les guérir malgré eux. Ses vrais moyens d'action étaient dans sa rare puissance d'intuition, dans sa connaissance des causes supérieures, dans la force de sa volonté. Afin d'arriver à rendre la santé aux corps, il s'adressait aux âmes, il s'assimilait les esprits. Souvent même il donnait une forme palpable aux désirs et aux rêves dont le regret tuait lentement ses malades; il faisait descendre et s'incarner des génies invisibles pour rendre la joie et la vie aux pauvres humains.

Le poëte écoutait avec avidité les paroles de son enthousiaste initiatrice, de sa mère spirituelle.

— Je comprends! s'écria-t-il; ainsi la première apparition ailée qui devait être l'idéal du rêve de Semilla, le premier type de l'élégant danseur qui semblait descendre du ciel n'était point encore notre ami M. de Bressuire.

— Assurément non, dit la marquise. M. de Bressuire ne fut lancé par le grand docteur dans cette charmante idylle dramatique que lorsque l'illusion ne risquait plus de s'évanouir devant la réalité.

Ici le poëte ravi et transporté sauta au cou de la marquise.

— Ah! que vous me faites plaisir par cette féerique explication. Je l'aime cent mille fois mieux ainsi; je préfère infiniment l'intervention première d'un *génie assistant* au déguisement de M. de Bressuire, si gracieux qu'il ait été choisi.

— Ce qui n'empêche pas, mon cher poëte, intervint Ginebra, que M. de Bressuire n'ait dû sentir pousser ses ailes, et qu'il n'en ait eu besoin par la suite, tout autant que le génie.

— Je l'entends bien ainsi, chère madame.

— Mais, reprit la princesse, voici Azuleo qui nous annonce le dîner. Allons donc reprendre des forces; puis après je vous conduirai dans les froides montagnes de l'Écosse, dans une pauvre cabane de chasseur des Highlands. Là, vous verrez comment, au moyen des sylphides bienfaisantes, de pauvres chérubins, affamés et grelottants de froid, furent rassasiés, réchauffés et réjouis par les brillants joujoux et les friandises de l'arbre de Noël.

L'ARBRE DE NOËL

— Mes chers amis, dit la princesse Ginebra commençant à la lueur des étoiles l'histoire de l'arbre de Noël, ainsi que nous l'avons vu dans le cours de ces récits, tous véritables, quoique aux yeux du vulgaire ils puissent paraître un tant soit peu extraordinaires et fantastiques, beaucoup de raisons tendent à prouver que l'homme n'est en quelque sorte qu'un papillon transformé, perfectionné, si l'on veut, et qui, dans son épaisse enveloppe de chair, garde encore ses ailes brillantes que le souffle des passions développe.

L'inappréciable lorgnon de notre ami Cazotte nous l'a souverainement démontré; l'histoire de Bul-bul et de Goul-gou-li, nés d'un œuf de papillon, a victorieusement appuyé cette thèse, à laquelle l'opinion impartiale et éclairée de la Grande-Phalène, prophétesse des Oyampis, est venue donner, tout récemment, une nouvelle force.

Il est évident pour moi, et ce doit l'être également pour vous, que le comte Cipio, mon illustre premier mari, en brûlant, avec sa poudre magique, les corps des deux gentilshommes avignonnais, pleurés par la belle Espagnole, a purement et simplement dégagé de ces enveloppes glacées le papillon primitif qui y était contenu; après quoi les deux porte-queue ont pu déployer librement leurs ailes et s'en aller folâtrer dans les nues, comme ils faisaient avant leur transformation humaine.

Donc il y a dans tout ceci beaucoup moins de sortilége qu'on ne pense. C'est ainsi que les choses les plus miraculeuses en apparence ne semblent plus que des phénomènes parfaitement naturels, lorsqu'on les observe avec les yeux perspicaces d'une saine philosophie.

Laissant de côté les mille et une autres raisons non moins évidentes, que je pourrais invoquer à l'appui de ce système, je ne vous en citerai qu'une seule qui ne peut manquer d'obtenir tous vos suffrages : ce sont les rêves de l'enfance.

Quand on observe de près ces petits êtres mobiles, capricieux, changeants et légers, courant d'un jouet à l'autre, jetant ce qu'ils admiraient, reprenant avec ardeur ce qu'ils viennent de dédaigner, passant sans transition des larmes aux rires, des grands chagrins aux folles joies, on ne peut s'empêcher de les comparer à ces insoucieux lépidoptères qu'ils poursuivent, dans leurs joyeux ébats, le long des allées bordées de fleurs, et parfois même au milieu des plate-bandes de nos jardins.

Mais le sommeil des enfants révèle des faits bien autrement concluants que cette gracieuse analogie de goûts et d'allures : les enfants rêvent tous qu'ils volent.

Nous nous rappelons tous ces songes de nos premières années! Avec quel bonheur nous nous sentions planer au-dessus des murs et des maisons, des arbres et des rivières! Puis quel dépit, quelle angoisse, quand nous reconnaissions bientôt qu'une force irrésistible nous rattachait à la terre et nous empêchait de monter aussi haut que nous entraînaient nos désirs!

Après une lutte désespérée pour nous détacher de cette attraction fatale, il fallait retomber vaincu, pour recommencer bientôt une nouvelle ascension, suivie d'une déception nouvelle.

Que signifient ces songes si communs à l'enfance, sinon le vague souvenir de leur existence antérieure de papillon, dont les *impressions* de la vie humaine n'ont pas encore effacé la trace dans leur mémoire!

Si l'on peut me fournir une autre explication de ce phénomène que personne ne nie, je suis prête à l'accepter; mais je doute que qui que ce soit en trouve une à peu près présentable.

Ceci posé, permettez-moi de vous transporter sur les ailes de l'imagination, au beau milieu des Highlands, dans un village écossais, nommé *Glen-vor*.

Glen-vor est situé dans une vallée profonde, entre deux hautes montagnes, couronnées de noirs sapins et tapissées de sombres bruyères, que parcourent le soir, au clair de la lune, les chevreuils aux bonds rapides, et où chantent les glouses et les coqs de bruyère.

Une des cabanes de Glen-vor, la plus pauvre, quoique la plus grande, appartient au montagnard Duncan. Si la cabane de Duncan est grande, c'est qu'il a une bien nombreuse famille à loger dans sa hutte de bois de sapin, couverte de mousse.

Duncan a une femme et sept enfants à nourrir; rien que cela : sa femme Jane, fille du vieux Donald qui est mort, il y a trois ans à la Chandeleur; ses deux fils, Jan et Patrick; ses quatre filles, Sarah, Jenny, Mary et Betty, plus le petit Donald, ainsi nommé, en souvenir de son grand-père, et qui tette encore.

Duncan chasse le gibier dans les montagnes et pêche les truites dans les ruisseaux. Il vend à la ville voisine son gibier et ses poissons; il en rapporte du pain noir et des vêtements pour sa famille.

Jane soigne une vache et quelques oies, et cultive un petit carré de maigre terrain, où elle plante force pommes de terre. Quand la récolte manque, la famille ne mange que le pain noir rapporté par Duncan de la ville voisine. Quand le gibier ne donne pas et que les lignes ne prennent rien, ce qui arrive quelquefois, alors la famille jeûne. Mais comme Duncan est connu pour un honnête homme, les boulangers lui font de temps en temps crédit, et l'on touche ainsi le bout de l'année, sans trop mourir de faim, grâce au bon Dieu et à saint Duncan, patron de tous les Écossais en général, et de notre chasseur en particulier.

C'est un soir de décembre, la veille du saint jour de Noël. On est triste dans la cabane; car le vent souffle dans les montagnes, et la neige glacée tombe sans relâche. Le ciel, couvert de nuages gris pendant le jour et tout à fait noirs la nuit, ne laisse arriver sur la terre aucun rayon de lune, aucune lueur d'étoile, et Duncan n'est pas encore revenu.

Jane file en silence, interrompant parfois sa tâche pour écouter les bruits sinistres de la bise qui se plaint comme une âme en peine, ou se met en fureur et fait craquer les vieux sapins, tandis que les enfants se serrent avec effroi l'un contre l'autre, autour du maigre feu de bruyères sèches qui ne les empêche pas de grelotter.

Et puis, à leur inquiétude, à la faim dont ils souffrent, au froid dont ils tremblent, s'ajoute une autre douleur, un autre désespoir.

Nous l'avons dit : c'est la veille de Noël.

Or, en Angleterre et en Écosse, la fête de Noël, c'est la fête des enfants, comme l'est en France le premier jour de l'année.

Dans cette nuit mémorable où naquit le Sauveur du monde, les parents heureux dressent pour les petits enfants l'arbre de Noël qu'ils découvrent tout à coup à leurs regards surpris, quand sonne minuit, l'heure mystérieuse où est né le Fils de Marie.

L'arbre de Noël, formé de branches d'arbres verts, est garni de lumières brillantes et de toutes sortes de jouets, de fruits et de friandises qu'on distribue aux enfants, quand ils ont bien admiré le spectacle merveilleux.

Noël! Noël! pour la candide enfance! Paix, joie et bonheur pour ces blondes têtes, pour ces figures roses, pour ces joues bouffies, pour ces grands yeux étonnés, pour ces cœurs naïfs qui n'ont pas encore appris l'égoisme et la fourberie dans le conflit des intérêts et des passions, dans le contact malfaisant du monde!

Et je vais vous dire pourquoi l'on est plus triste que de coutume dans la pauvre cabane de Duncan.

C'est que Duncan a promis, si, pendant tout le mois, sa chasse était heureuse, de construire pour la petite famille un bel arbre de Noël, garni de jolis présents qu'il rapporterait de la ville, pour ses fils et pour ses filles.

Or, jusqu'à ce jour, ce jour qui est la veille de Noël, la chasse de Duncan a été mauvaise; à peine a-t-il rapporté chaque soir la nourriture suffisante à sa famille, et pourtant le bon Duncan n'a cessé de parcourir, tant que la lumière du soleil l'éclairait, les vallées et les montagnes, les ravins et les forêts; souvent même il s'est levé pendant la nuit pour tenir sa promesse, quand il voyait briller la lune, et il a rôdé dans les bruyères, son fusil à la main, dans l'espoir que le bon Dieu lui enverrait quelque grosse bête dont la vente le dédommagerait de ses fatigues et lui permettrait de réjouir au moins, une fois dans l'année, le cœur de ses petits enfants si doux, si patients, si affectueux.

Mais il paraît que le bon Dieu ne veut pas que les enfants du bon Duncan aient un arbre de Noël.

Bénissons Dieu, même dans les sacrifices qu'il nous impose!

Pourtant les petits montagnards espèrent encore. Qui sait? un miracle peut avoir amené devant le fusil de Duncan un beau cerf aux cornes allongées, que le chasseur aura converti en gâteaux et en oranges, en pantins et en poupées.

Quand ils hasardent tout haut cet espoir, Jane secoue la tête et dit tout bas :

— Mon Dieu, faites seulement qu'il revienne, dût-il revenir sans pain; car mon cœur est glacé d'effroi.

Et pourtant, le voir revenir sans pain serait une chose bien triste, car les enfants n'ont pas soupé. Il est vrai qu'en ce moment ils oublient leur jeûne pour ne songer qu'à l'arbre de Noël; mais quand ils verront leur dernier espoir détruit, ils se rappelleront qu'ils ont faim, et alors il y aura des larmes dans la cabane.

Enfin, un pas lourd et traînant retentit sur la neige glacée qui crie sous les souliers ferrés du chasseur; c'est Duncan qui revient.

La famille a reconnu son pas et se lève d'un élan commun. Jane a poussé un cri de joie; mais les enfants se regardent avec un triste désappointement. Ils savent trop que, si Duncan leur apportait du bonheur, son pas serait rapide et léger, quelle que fût sa fatigue.

Pourtant, secouant bientôt ce regret égoïste, ils s'empressent vers la porte, pour embrasser plus tôt le chasseur.

La porte s'ouvre, et Duncan paraît. Il embrasse tristement les enfants et presse sur son cœur Jane, qui ne peut que s'écrier :

— Te voilà, enfin!

Jan prend son fusil qu'il accroche à la muraille; Sarah et Mary, les plus grandes des filles, déboutonnent ses guêtres de cuir, pendant que Betty lui apporte ses chaussons de lisière, et Patrick sa casaque de laine. Quant à Jenny, elle s'est retirée dans un coin de la cabane, et dédaignant de s'associer à l'empressement général, elle pleure son dernier espoir évanoui.

Duncan a ôté sa gibecière; il en tire un pain qu'il jette sur la table, et dit d'un air sombre :

— C'est tout!

Jane le prend et dit :

— C'est bien, puisque te voilà.

Puis elle partage le pain en neuf portions, et tire du feu quelques pommes de terre cuites sous la cendre.

Les enfants se réunissent autour de la table; Jenny seule ne vient pas et boude dans son coin.

— Jenny, dit Jane, est-ce que tu es malade?

— Elle n'est pas venue m'embrasser, fait observer Duncan.

— Je veux un arbre de Noë... ë... ël..., dit Jenny en pleurant.

— Ce n'est pas ma faute, ma petite Jenny, dit le bon Duncan; le bon Dieu n'a pas favorisé ma chasse.

— Ne vas-tu pas t'excuser auprès de ce petit mauvais cœur, reprend Jane d'un ton sévère; allons, Jenny, si vous ne venez pas prendre votre souper, les autres le mangeront. Cela augmentera d'autant leur part.

— Elle n'est pas grosse, leur part, dit le chasseur en soupirant; mais j'ai fait de mon mieux.

Jenny vient en rechignant prendre son quartier de pain bis et sa pomme de terre.

— En ont-ils assez? dit Duncan, en regardant la maigre portion des enfants; moi, je n'ai presque pas faim...

— Et tu voudrais leur donner ta part, brisé comme tu l'es de fatigue? s'écrie Jane; tu es fou, mon pauvre homme. Quand tu seras malade, qui les nourrira?

— C'est vrai, répond Duncan.

Et il mord en soupirant dans son pain. »

Ici, la princesse fit une pause et regarda ses auditeurs, pour observer l'effet qu'avait produit sur eux ce tableau de misère qu'elle avait tâché de rendre le plus émouvant possible.

La marquise de La Croix venait de tirer son mouchoir de dentelles et se mouchait bruyamment, pour avoir l'occasion d'essuyer en même temps une ou deux larmes qui roulaient lentement sur ses joues.

Cazotte, plus bronzé que sa vieille amie contre de pareilles émotions, faisait pourtant une grimace fort significative, en aspirant une prise de tabac avec un bruit inaccoutumé.

— Allons, dit Ginebra, je vois que mon petit tableau de famille a produit l'effet que j'en attendais. Vous êtes émue, marquise, de la misère de ces pauvres gens, et vous aussi, Cazotte.

— J'en conviens, dit madame de La Croix; votre chasseur écossais est très-intéressant. J'admire la bonté de ce brave homme qui se coucherait de si bon cœur sans souper, pour donner une bouchée de plus à ses pauvres enfants.

— C'est fort touchant, dit Cazotte.

— Et de tout point historique, je vous en donne ma parole, reprit la dame aux papillons. D'ailleurs, mes amis, point n'est besoin, je vous assure, d'aller jusqu'en Écosse, pour rencontrer de pareilles détresses et de semblables dévouements. J'ai vu maintes fois, dans nos campagnes du Midi, des scènes aussi tristes et aussi intéressantes que celles-là.

— Du moment que vous les avez vues, dit Cazotte, elles n'ont pas dû se prolonger longtemps. Ce n'est pas pour rien, que les paysans des alentours bénissent votre nom, madame la princesse.

— Revenons à notre histoire, fit Ginebra, qui possédait au suprême degré la modestie de la charité.

— Revenons-y, s'écria la marquise ; aussi bien j'ai hâte de voir quel rôle les papillons vont jouer dans cette affaire ; car il n'en a pas été question encore.

— Vous ne tarderez pas à être satisfaite, dit la princesse, reprenant son récit :

Le bon Duncan s'était résigné à souper, et la pauvre famille commençait silencieusement son frugal repas.

Tout à coup, on frappa à la porte.

— Qui est là ? cria Jane.

— L'hospitalité, s'il vous plaît ! répondirent deux voix tremblantes.

— Sarah ! dit Jane, va ouvrir...

— Je n'ose pas, balbutia la petite en se serrant avec effroi contre la table.

— J'oserai, moi, dit résolument Jan.

Et il marcha d'un pas délibéré vers la porte.

Patrick, qui avait eu peur d'abord, voyant son frère s'exposer, s'avança courageusement après lui, le bâton de Duncan à la main, pour lui prêter secours en cas de péril.

Le chasseur sourit de cette bravoure inspirée par l'amitié.

Jan ouvrit la porte. Deux vieilles femmes entrèrent; elles étaient accablées d'années et de fatigue; leurs vêtements en haillons étaient couverts de givre.

— Merci, petits papillons, dirent-elles à Jan et à Patrick; si vous nous aviez laissées à la porte, nous allions mourir de froid.

— Entrez, bonnes femmes, secouez la neige qui vous couvre, et chauffez-vous à notre pauvre foyer, dit Jane assez surprise, comme toute la famille, d'entendre ces vieilles appeler les deux garçons petits papillons.

— La *Dame-Blanche* a raison, dit une des vieilles à sa compagne; et elle chanta d'une voix chevrotante ces paroles bien connues, sur un air qui ne l'est pas moins :

Chez les montagnards écossais
L'hospitalité se donne...

— Brrr! quel affreux pays! s'écria l'autre vieille en se serrant dans sa jupe de futaine rapiécée : comment nos frères peuvent-ils vivre sous un pareil climat? Avez-vous seulement quelques fleurs au printemps? demanda-t-elle à Duncan.

— Sans doute, répondit celui-ci étonné de ce langage; nous avons beaucoup de fleurs sur les montagnes.

— Ah! tant mieux, dit la vieille. Je me disais aussi : S'il n'y a pas de fleurs dans ce pays, comment peut-on trouver tant de papillons dans une seule famille, et des plus jolis encore, ajouta-t-elle en regardant les enfants avec complaisance.

Les enfants ne comprenaient rien à ces étranges paroles. Duncan et Jane se regardèrent d'un air qui voulait dire évidemment :

— Ces deux femmes sont folles!

Mais cette réflexion ne fit que redoubler leur pitié.

— Si vous étiez venues plus tôt, leur dit le bon Duncan, vous auriez pu partager notre souper, mes bonnes femmes, un pauvre souper, il est vrai; mais, quand il y en a pour neuf, il y en a pour onze.

On voit que le bon Duncan exagérait un peu les proverbes.

— Père, s'écria vivement Sarah, j'ai encore du pain, je vais partager ce qui me reste avec ces bonnes femmes.

— Et moi aussi! et moi aussi! s'écrièrent les enfants, qui s'avancèrent près des vieilles en leur offrant une part de leur souper.

Le petit Donald, âgé de onze mois à peine, imitant le mouvement général de ses aînés, s'empressa de tendre aussi aux pauvres femmes le petit morceau de croûte sur lequel il essayait la force des deux seules dents qui lui fussent encore poussées.

Seule, Jenny dévora son pain à l'écart, et n'en offrit pas une parcelle.

— Et cette petite là-bas qui a des ailes bordées de brun, dit une des vieilles, est-ce qu'elle ne veut pas nous donner une petite part de son repas?

Jenny se retourna et ne répondit rien, mais elle entassait bouchées sur bouchées.

La vieille femme sourit.

— Merci, petits papillons, dit-elle; nous avons notre souper dans notre poche; et, pour récompenser votre charité, nous allons, à notre tour, le partager avec vous.

Aussitôt elles tirèrent toutes deux de leur vieille poche de laine une petite boîte d'un bois inconnu, l'ouvrirent, et, avec une épingle d'argent y prirent gros comme un grain de millet d'une pâte blanche qui exhalait une odeur si délicieuse, que toute la cabane en était embaumée. On eût dit que cette odeur était composée de tous les parfums réunis.

Elles appliquèrent sur leur langue cet imperceptible morceau de pâte, et parurent le savourer avec un indicible plaisir. Puis elles en mirent un grain encore plus petit sur chacun des morceaux de pain que leur tendaient les enfants :

— Mangez, leur dirent-elles.

Les enfants portèrent à leurs lèvres la pâte parfumée, et poussèrent aussitôt de grands cris de joie.

Il est impossible de décrire l'exquise saveur de ce mystérieux aliment. Chose étrange! cette nourriture, si minime quant au volume, leur donnait une souplesse étonnante, une incompréhensible agilité; il leur semblait qu'ils ne tenaient plus à la terre, et qu'une force secrète les poussait à s'élever dans les airs; plusieurs portèrent la main à leurs épaules pour s'assurer que des ailes ne leur étaient pas poussées; le petit Donald lui-même bondit dans les bras de sa mère, et se serait élancé dans l'espace si Jane, tremblante et émerveillée, ne l'eût retenu de toutes ses forces.

Inutile de dire que la petite Jenny, qui avait refusé aux pauvres femmes un morceau de son pain, n'eut pas sa part de la pâte miraculeuse, et resta simple spectatrice de ces prodiges qu'elle contemplait avec stupéfaction.

— Demande pardon aux bonnes femmes, lui dit tout bas Sarah, et peut-être te donneront-elles aussi un petit peu de cette excellente confiture.

Mais Jenny était douée à un haut degré de cette tournure d'esprit particulière aux Écossais et aux Bas-Bretons, et qui s'appelle entêtement chez les petits, et fermeté chez les grands. Elle tourna la tête, sans mot dire.

Cependant Duncan et Jane revenaient peu à peu de leur stupeur; ils examinaient les deux vieilles femmes non plus seulement avec surprise, mais encore avec défiance; car, dans un regard qu'ils avaient échangé, ils s'étaient communiqué une pensée qui leur était venue en même temps à tous deux; et cette pensée, la voici :

— Nous avons affaire à deux vieilles sorcières, dont l'une est certainement la fille aînée, et l'autre la fille cadette de Belzébuth, à moins qu'elles ne soient sœur jumelles.

Puis, dans un second regard, ils s'étaient dit :

— Heureusement que le pasteur du village nous a appris la bonne manière de conjurer les sorciers et les démons.

Et Jane courut au bénitier, placé près de son lit sous une touffe de buis bénit le dernier dimanche des Rameaux, tandis que Duncan se disposait à dessiner sur son front et sur sa poitrine une longue série de signes de croix, en répétant de son mieux la formule latine que lui avait apprise le pasteur :

— *Vade retro, Satanas!*

Ce que voyant, les deux prétendues sorcières se prirent à rire et les arrêtèrent d'un geste.

— Ne vous mettez point en peine à ce point, bonnes gens, dit l'une d'elles qui portait ordinairement la parole, l'autre étant d'un caractère naturellement silencieux ; vos exorcismes sont inutiles ; nous ne sommes pas des sorcières, et nous n'avons jamais eu le moindre rapport avec aucun des diables de l'enfer. La preuve, c'est que je vais moi-même tremper les doigts dans votre bénitier, ma bonne Jane, et faire le signe de croix aussi bien et même mieux que vous, mon brave Duncan.

Et la vieille, joignant le mouvement à la parole, prit de l'eau bénite et fit le signe de la croix.

— Ma compagne va en faire autant, si vous le jugez nécessäire, dit-elle.

— Mais qui donc êtes-vous, alors, demandèrent les paysans émerveillés ; êtes-vous des anges du bon Dieu?

— A peu près, répondit la vieille femme.

— Sous ce costume! s'écria Jane.

— Et avec cette figure! exclama Duncan.

— Le costume et la figure n'y font rien, reprit gravement la vieille, ce sont de méprisables vanités : *vanitas vanitatum*, comme dit le Sage. Apprends, homme des montagnes, que nous aurions pu venir ici vêtues de robes de brocart toutes chargées d'or et de pierres précieuses, avec une suite de dames et de seigneurs, de courriers et de garde-du-corps, plus somptueuse que celle du roi de l'Angleterre et de l'Écosse. Il nous suffisait pour cela de le vouloir; mais nous ne l'avons pas voulu. Demandez plutôt à ma compagne!

L'autre vieille fit un signe affirmatif.

— Alors, au nom du ciel, qui vous amène dans ma pauvre demeure, et que voulez-vous de moi?

— D'abord, honnête Duncan, nous ne voulons rien de vous; attendu que vous n'avez absolument rien à nous offrir, si ce n'est votre fusil dont nous ne saurions que faire, ignorantes, comme nous le sommes, du maniement des armes à feu; attendu, en outre, qu'il est peu de choses que nous puissions désirer, sans nous les procurer aussitôt.

— En ce cas, expliquez-moi ce qui vous amène ici.

— En deux mots, voici la chose : nous voyagions par pur caprice dans votre affreux pays, en manière d'exploration, afin de savoir comment se comportent nos sujets sur ce petit coin de terre...

— Vos sujets! vous-êtes donc des reines? s'écria le chasseur.

— Vous l'avez dit, répondit la vieille.

— Mais vous prétendiez tout à l'heure que vous étiez des anges!

— L'un n'empêche pas l'autre. Donc nous voyagions dans ce pays, lorsqu'en passant, ce soir, à côté de vous...

— A côté de moi! je ne vous ai point aperçues...

— Ah! dit la vieille femme, nous n'étions guère visibles dans ce moment-là; d'ailleurs il faisait sombre, et nos ailes faisaient si peu de bruit...

— Vos ailes! vous aviez des ailes?

— Nous ne voyageons jamais autrement; demandez plutôt à ma compagne. En passant, dis-je, auprès de vous, nous vous entendons dire avec un accent de désespoir très-sincère : — Mes pauvres enfants, qui espèrent encore pour ce soir leur arbre de Noël, comme ils vont être tristes de me voir revenir les mains vides! Ah! le bon Dieu a tort de ne me pas mieux protéger; car je suis un honnête homme, et ma Jane est la crême des femmes, et, quant à mes enfants, je peux dire qu'il n'y en a pas de pareils à dix lieues à la ronde, pour la douceur et la bonté.

— Ce sont bien mes propres paroles! s'écria Duncan au comble de la stupéfaction.

— Alors, poursuit la vieille, nous nous sommes dit, ma sœur et moi : — Allons donc voir un peu cette crême de femme et ces petits papillons si doux et si bons!

— Mais mes enfants ne sont pas des papillons, objecta Duncan.

— C'est tout comme, dit la bonne femme; il y a si peu de temps qu'ils ont quitté notre empire, que nous nous intéressons à ces petits êtres qu'on appelle des enfants, comme s'ils nous appartenaient encore. Alors nous nous sommes déguisées en vieilles pauvresses, et nous sommes venues. Vous savez le reste.

— Et maintenant, dit Jane qui avait écouté ce récit avec la plus profonde attention?...

— Maintenant, répondit la fausse vieille femme, vous allez voir, bonne Jane, et vous aussi, excellent Duncan, que le bon Dieu ne vous abandonne pas autant que vous paraissez le croire; car je ne doute pas maintenant que ce ne soit lui qui nous ait amenées toutes deux sur votre chemin, mon brave Duncan. Vous voulez un arbre de Noël pour vos petits; eh bien, vous allez en avoir un, et un beau encore, je m'en flatte; sans compter que vous verrez en même temps des choses que vous serez aises d'avoir vues.

Ayant ainsi parlé, cet être mystérieux tire de sa vieille poche la boîte de bois inconnu qui renfermait la pâte merveilleuse, saisit l'épingle d'argent fixée dans son chignon, ouvre la boîte, y prend avec l'épingle une petite parcelle de pâte qu'elle fait fondre à la flamme de la chandelle de résine qui éclairait la cabane du chasseur.

Aussitôt une épaisse vapeur se répand dans la chaumière et obscurcit complétement la clarté de la chandelle de résine. Cette vapeur exhale une odeur exquise, ou plutôt une foule d'odeurs réunies : la rose, la violette, l'œillet, le réséda, l'oranger, l'héliothrope, la menthe, la vanille, en un mot toutes les fleurs connues et inconnues, indigènes et exotiques, semblent s'être réunies pour composer ce suave parfum. Que dis-je, semblent? C'est bien la réalité même, car cette pâte étonnante n'est pas autre chose qu'un composé du suc de toutes les plantes odorantes dont se nourrissent les innombrables espèces de papillons que le Créateur a envoyées voltiger sur ce globe.

C'est cette admirable substance que les dieux de l'Olympe mangeaient autrefois sous le nom charmant d'ambroisie. Rien de plus éthéré et de plus substantiel à la fois.

La vapeur se dissipe, mais non pas le parfum, devenu un peu plus faible, il est vrai, mais d'autant plus agréable. Alors, ô prodige! ô miracle! qu'aperçoivent Duncan et Jane dont la surprise et l'admiration n'ont plus de bornes!

Ils aperçoivent au milieu de la cabane un arbre de Noël, si beau, si magnifique, que, pour sûr, les petits princes d'Angleterre n'en ont jamais vu de pareil dans le palais du roi. Dans les branches de cet arbre brillent en grand nombre de véritables bougies de cire, telles qu'on n'a pas admiré encore de si beaux cierges dans aucun temple de la pauvre Écosse.

Outre les bougies qui jettent une si brillante clarté, cet arbre est parsemé de belles oranges du Portugal, grosses comme la tête du petit Donald.

Quant au nombre incalculable de jouets, de quilles, de ballons, de tambours, de petits ménages, de pantins, de poupées et de friandises de toutes sortes amoncelés au pied de l'arbre, il faut renoncer à en donner une description.

Mais un spectacle qui émerveille encore bien davantage Duncan et Jane, si la chose est possible, c'est la vue de leurs enfants tous vêtus de robes blanches, et qui voltigent autour de l'arbre de Noël, en poussant des cris joyeux.

Je dis qui voltigent, parce qu'en effet ils ont des ailes, de véritables ailes de papillon et de toutes couleurs.

Quant aux deux vieilles pauvresses, elles se sont métamorphosées en deux femmes jeunes et charmantes, dont le visage respire un air divin de douceur et de bonté, quoique l'une ait pris un air sévère pour morigéner la petite Jenny à qui elle reproche sa dureté de cœur, en lui montrant une poignée de verges, symbole terrible que la pauvre enfant comprend à merveille, car elle verse des larmes abondantes, en promettant de se corriger le plus possible de ses défauts.

L'autre a pris le petit Donald dans ses bras et le hisse vers une belle pomme d'or qui pend à l'arbre et qu'il saisit de ses petites mains.

Ces deux jolies femmes ont aussi des ailes magnifiques, et un grand nombre de papillons volent autour d'elles et autour des flammes brillantes de l'arbre de Noël, ce qui, vu la saison, semble un peu étrange à Duncan et à sa femme.

Les deux paysans, ébahis comme on peut le croire, regardaient cet étrange tableau, sans bouger et retenant leur souffle, dans la crainte que le moindre mouvement ou le plus faible bruit ne fît disparaître à l'instant cette fantastique vision.

Ils contemplaient surtout avec des yeux hagards ces deux femmes étonnantes si subitement transfigurées.

Enfin l'une d'elles, celle qui parlait toujours, prit la parole pour donner aux bons paysans quelques explications qu'elle jugeait nécessaires.

— Braves Écossais, dit-elle, apprenez que vous avez devant vos yeux la reine des papillons de jour et la reine des papillons de nuit. La reine des papillons de jour, c'est moi; celle des papillons de nuit, c'est ma compagne; c'est pourquoi elle parle peu et à voix basse, car la nuit tout est mystère. Quant aux papillons qui voltigent autour de nous, n'y faites pas attention, c'est notre cour ordinaire; ils ont une recette particulière pour braver ainsi la neige et la bise d'hiver. Ainsi que j'ai eu l'honneur de vous le dire, vos enfants ont été, il y a peu de temps, nos sujets; car tout homme est papillon avant de revêtir son enveloppe charnelle. Nous avons voulu voir comment ils se comportaient dans leur position nouvelle, et nous avons reconnu que, excepté la petite Jenny qui nous a refusé un morceau de son pain noir, ils étaient dignes de tout notre intérêt. C'est pourquoi nous leur faisons cadeau d'un arbre de Noël comme on n'en a jamais vu. Qu'ils se distribuent, comme bon leur semblera, les joujoux, les bonbons et les oranges; j'exige seulement que la petite Jenny n'ait aucune part dans la distribution, car il faut que les mauvais cœurs soient punis. Ses frères et sœurs lui prêteront leurs jouets et lui donneront de leurs friandises, s'ils le jugent convenable. Quant à vous, bonnes gens, soyez sans crainte pour l'avenir et continuez à vivre en chrétiens. Le gibier ni le poisson ne manqueront plus à Donald, c'est moi qui vous en donne ma parole, et ma compagne, qui m'approuve d'un signe de tête, vous le promet également. Adieu, honnêtes paysans, nous vous quittons pour aller de ce pas dans une campagne de l'Inde où quelques affaires exigent notre présence; aussi bien je vois que nos papillons commencent à grelotter, malgré la recette toute particulière qu'ils possèdent pour braver les frimas. Adieu encore une fois, et gardez-nous, à ma compagne et à moi, une petite part dans vos souvenirs.

Ayant ainsi parlé, la reine des papillons de jour s'envola avec la reine des papillons de nuit et toute leur bande.

Jane et Duncan se prosternèrent la face contre terre, et les enfants dont les ailes avaient disparu procédèrent immédiatement au partage des joujoux, des oranges et des bonbons.

On parla longtemps de cette aventure dans le village de Glen-Vor.

— Par ma foi, je le crois bien, qu'on dut en parler longtemps, s'écria la marquise de La Croix. On ne doit pas rencontrer souvent de pareilles aventures dans les pauvres villages de la sauvage Écosse.

— Au contraire, répondit Cazotte ; vous ne réfléchissez pas, chère marquise, que ce sont les contrées les plus incultes, les plus primitives, et, faut-il le dire, les plus ignorantes qui fournissent le plus de pâture aux amateurs du merveilleux. Les esprits fréquentent de préférence ces pays de sombres montagnes et de sites agrestes habités par des âmes naïves. Ils ont horreur de nos villes monotones où le scepticisme court les rues. Quant à moi, je ne suis pas surpris le moins du monde que les deux reines des papillons aient choisi la chaumière d'un chasseur caméronien, pour y opérer ce charmant prodige. Si elles étaient venues improviser leur surprise fantastique chez un épicier de la rue Saint-Denis, j'en serais bien autrement étonné.

— Notre ami a raison, dit à son tour la princesse ; j'ai souvent entendu dire au génie familier du comte Cipio que le séjour des villes lui était insupportable.

— Prenons donc que j'aie dit une sottise, s'écria gaîment madame de La Croix, et tâchons de n'en plus parler.

— N'en parlons plus, fit Cazotte, et dites-nous un peu, princesse, ce que c'est que cette jolie petite peau rouge qui semble si affligée de la mort de cette colombe qu'elle tient dans sa main, et ce que fait sur ce rocher cet affreux sauvage si horriblement tatoué, qui regarde s'éloigner cette barque avec une joie qui me semble diabolique.

— Oui, chère Ginebra, dit la marquise, transportez-nous encore une fois dans les forêts du Nouveau-Monde; ces peaux rouges m'intéressent au plus haut point.

— Je ne pense pas cependant que ce soit par sympathie, répondit la princesse en souriant; car si j'ai bonne mémoire, marquise, vous n'avez jamais passé, dans notre bon temps, pour être démesurément sauvage.

— Ah! princesse, fit en rougissant madame de La Croix, est-ce qu'à notre âge on parle encore de ces futilités?

— On en parle toujours, riposta Cazotte.

— Suivez-moi donc dans l'Amérique espagnole, dit Ginebra, je vais vous conter l'histoire de la Vestale indienne et du *Maître-de-la-Vie*.

LA VESTALE

DU

RIO COLORADO

Papillon Memnon.

Coyocopihil, le Maître de la vie.

LA VESTALE

DU

RIO COLORADO

La déesse Vesta n'était certainement pas connue sur les bords du *río Colorado*, à l'époque où la tribu féroce des Cénis errait sur les plages de la baie San Bernardo, dans le golfe du Mexique.

Sous ce mot de vestale, il ne faut donc pas s'attendre à trouver, dans l'endroit du Nouveau-Monde où se passe ce petit drame entomologique, une prêtresse à la façon romaine, entretenant un *brasero* dans un temple en rotonde, entouré de colonnes ioniques de marbre blanc.

La vestale dont je vais vous parler était une belle vierge indigène des contrées qui forment aujourd'hui le Texas. Le feu sacré qu'elle entretenait était le feu de l'amour qui s'était allumé pour elle dans tous les cœurs de ses plus jeunes compatriotes.

Elle se nommait Tahualipa, en français *Sève-d'érable*, nom symbolique indiquant qu'elle était douce comme le sucre, agréable et forte comme le vin : deux excellentes choses que produit à profusion la sève dont elle portait le nom.

Par un hasard qui mettait mieux encore sa rare beauté en saillie, elle se trouvait en ce moment la seule vierge nubile de sa tribu; deux ou trois ans auparavant, quelques colons français des environs du Biloxis, tourmentés par ce même besoin qui fit commettre aux compagnons de Romulus le rapt des Sabines, étaient venus par une nuit sombre surprendre le carbet ou village où elle était née.

Ils avaient eu d'abord la précaution d'envoyer une chaloupe montée par quelques-uns d'entre eux offrir aux sauvages une provision de liqueurs fortes, capable de les enivrer pour huit jours, sous le prétexte de venir acheter d'eux quelques peaux de bêtes fauves.

Les pauvres Cénis, selon l'habitude des indigènes de ce pays, ne remirent pas les libations au lendemain. Ils usèrent et abusèrent de l'eau de feu, dansèrent, firent des prouesses et des tours de force, luttèrent et se battirent entre eux, jusqu'à ce qu'ils fussent incapables de se tenir debout.

Les colons parurent à ce moment, et sans faire plus de mal à leurs victimes, ils enlevèrent tout ce qu'il y avait de jeunes femmes et de jeunes filles dans la tribu.

Tahualipa fut enlevée avec ses compagnes, et passa près de

trois ans à la Nouvelle-Orléans, où son extrême jeunesse et le respect extraordinaire qu'inspirait sa fière beauté la garantirent du joug conjugal.

Le séjour de la capitale de la Louisiane ne fut pas inutile à *Sève-d'Érable*. Chez les blancs étrangers elle ne vit jamais de chevelures appendues aux murailles en manière de trophée ; dans aucun de leur festin ne paraissait sur la table la chair boucanée des vaincus, comme cela arrivait fréquemment chez ses compatriotes. Maintes fois même elle avait vu des ennemis oublier leur vengeance et se réconcilier devant un prêtre ou devant un juge, sans songer à scalper ceux qui les avaient offensés.

Sa surprise n'avait pas été moins grande en voyant les manières douces et élégantes que prenaient avec les femmes de jeunes officiers habitués à se servir des armes à feu et à commander à ceux qui s'en servaient. Le ton aimable et les propos spirituels des employés supérieurs de la colonie avaient également gagné sa sympathie.

Pourquoi les hommes de sa nation n'avaient-ils pas cette grâce et cette tournure galante ? Si elle revenait jamais parmi eux, ne pourrait-elle pas les rendre semblables à ces gracieux étrangers? Voilà ce que pensait Tahualipa pendant son séjour aux sources du Mississipi.

Elle se trouvait du reste à portée d'observer, le mieux possible, les hommes et les choses nouvelles que le grand lac salé déposait chaque jour sur les plages de son pays. Dès son arrivée chez les colons ravisseurs du Biloxis, le neveu du gouverneur général l'avait emmenée chez son oncle, M. de La Salles, en le priant de lui réserver cette jolie proie. Lui-même se trouvait obligé d'aller servir le roi dans les établissements supérieurs de la rivière des Illinois, où il fut assassiné quelque temps après.

L'influence qu'exerça à son retour la belle vierge indienne sur les sauvages de sa tribu, fut sans bornes. Elle sut habilement mettre à profit les observations nouvelles qu'elle avait faites chez les étrangers blancs.

Elle était déjà fille d'un boyès, prêtre ou jongleur du pays; ce boyès se nommait Etteactéal : il est souvent question de lui dans les premières annales de la Louisiane. Il avait joui, pendant sa vie entière, de la suprématie incontestée que donnent, chez tous les peuples, les communications prétendues intimes avec Dieu ou le diable, et la science réelle ou imaginaire de guérir les maladies.

Ce père avait laissé en héritage à sa fille la connaissance des simples et une apparence d'érudition botanique qui lui indiquait l'emploi des fleurs, des racines ou des écorces de certains arbrisseaux, dont quelques-uns sont devenus depuis ordinaires dans le traitement des maux de la vieille Europe.

Outre cela, Tahualipa avait la puissance étrange de maîtriser les animaux sauvages. Souvent elle s'était fait suivre par des pumas, lions sans crinière de l'Amérique, jusqu'aux ajoupas de son carbet. On l'avait vue le soir se baigner sans crainte au milieu des alligators, et maintes fois elle avait sauvé de la serre de l'aigle chauve des tourterelles ou des poules des bois.

Ajoutez à tous ces germes d'influence la rare beauté de sa figure et l'élégance de ses formes, qui semblaient accuser la fidélité conjugale de sa mère, au profit de quelque galant Européen. Rappelez-vous aussi qu'elle aimait les intonations douces et musicales de la voix, et connaissait l'attrait irrésistible des manières affectueuses et souriantes, et vous comprendrez à quel point Tahualipa dut se faire adorer de ses compatriotes.

Mais pour elle cette adoration qui lui faisait un petit royaume dans sa tribu, n'était qu'un moyen d'arriver à un but supérieur : la civilisation de ces mêmes Indiens.

Si j'emploie ce mot de civilisation, il ne faut pas le prendre au pied de la lettre. Je ne veux pas entendre par là que la fille du boyès Etteactéal ait eu à cœur de voir les Cénis adopter la perruque enfarinée ou le système des tailles et des impôts européens; je ne pense pas non plus qu'elle voulût importer chez eux la mode des souliers à boucle, des directeurs, des petits collets, des mouches et des fermiers du fisc.

Tahualipa nourrissait en elle le désir du mieux, feu sacré éternel que doivent entretenir les poëtes et les intelligences du monde, comme les Vestales antiques entretenaient le feu confié à leur vigilance. Or, ce désir du mieux, la belle Cénis voulait le faire naître et flamboyer dans les âmes incultes qui l'entouraient.

Elle voulait donner à ces pauvres gens, fanatiquement, observateurs des coutumes de leurs aïeux, l'envie du changement en douceur de mœurs et en bien-être.

Pour cela, le grand moyen de Tahualipa était de se faire aimer. La force lui manquant, elle eut recours à l'attrait, à l'amour. Elle se fit coquette avec tous, pour laisser à chacun l'espoir d'obtenir son cœur en se façonnant selon ses goûts.

Cette manière d'agir lui réussit : en peu de temps elle obtint des jeunes gens au moins, de ne plus enlever les chevelures des ennemis; on les amenait vivants, et, au lieu de les *mettre au cadre* pour les faire mourir, au lieu d'en fumer les membres et de les servir dans les repas, on les renvoyait chez les leurs avec des paroles de paix, ou, s'ils y consentaient, ils étaient incorporés à la tribu.

Les soirs, lorsque les derniers chants du loriot s'entendaient et que le soleil serrait ses gerbes d'or derrière les montagnes bleues du Rio del Norte, Tahualipa racontait aux jeunes Cénis comment les Français de la Louisiane savaient entourer leurs grandes cabanes des plus beaux arbres à fleurs de la forêt; comment, au lieu d'aller chercher les fruits au hasard dans les savanes, ils les trouvaient au seuil de leur porte, mûrissant à la portée de leurs mains.

— Les chèvres, leur disait-elle, se plaisent autour de leurs carbets, les femelles jaunes d'un bison qu'ils ont apporté d'Europe demeurent avec eux; les poules des bois font leurs couvées sous leurs fenêtres, et les pigeons nichent dans leur toit. Ils ont habitué tous les animaux à leur être utiles et à leur donner, sans qu'ils les poursuivent à la chasse, la nourriture et le vêtement.

Ces récits, faits avec sa voix douce et un ton de persuasion irrésistible, portaient leurs fruits dans tous ces cœurs avides de sa beauté.

Chacun de ses naïfs adorateurs cherchaient à réaliser pour lui plaire une au moins des merveilles européennes qu'elle semblait tant regretter. Déjà l'on voyait fleurir, au milieu des ajoupas des Cénis, les tulipiers blancs à la feuille en forme de lyre, les magnolias odorants, les lianes de toutes couleurs et les plaqueminiers, dont le fruit remplace, sur les bords du Rio Colorado, celui de l'arbre à pain ; les raquettes rouges et jaunes, les figuiers et les vignes du Mexique y donnaient leurs premiers fruits.

Déjà, de jeunes couvées d'oiseaux mangeurs de grains s'habituaient à recevoir la nourriture auprès des habitations, et quelques couples de chèvres brunes du pays attendaient qu'on vînt leur demander leur lait en broutant la colline où s'appuyait le carbet des Indiens.

Ces innovations ne tardèrent pas cependant à attirer l'attention des *conservateurs* de ce petit peuple ; les vieux de la tribu s'émurent en voyant *Sève-d'Érable* propager de pareilles nouveautés. Ils murmurèrent de la voir abuser de son influence pour jeter des semences de bien-être dans les campagnes du Rio Colorado.

Mais pour cette fois les murmures des vieillards auraient été sans importance ; les jeunes gens étaient trop épris de Sève-d'Érable, et ses fantaisies leur plaisaient si bien que le progrès eût continué son chemin, sans une intervention formidable de la part du plus terrible guerrier de la nation.

Coyocopchil ou *Maître-de-la-Vie*, tel était le nom superbe que s'était donné le grand chef des Cénis. C'était un sauvage rusé, vigoureux, hardi, de haute taille, dont l'histoire guerrière était écrite en effrayantes arabesques sur son corps nu.

Coyocopchil avait voulu épouser Tahualipa, d'abord parce qu'elle était belle, puis parce qu'elle avait des secrets mystérieux qui auraient ajouté à sa puissance de grand chef, enfin parce qu'elle était fille du savant jongleur Etteactéal, dont la mémoire vivait encore dans l'âme de ses sujets.

Pour lui plaire, il avait apporté à ses pieds des peaux de jaguars et de pumas; il lui avait composé un collier à triple rangs d'ongles d'ours noirs tués par lui dans la montagne. Plus encore : il avait marché pendant une lune, seul et portant bravement la fatigue et la faim, jusqu'au village des Attakapas, ennemis héréditaires des Cénis ; arrivé là, il avait scalpé leur grand chef *Soleil-Piqué* et ses deux fils, et rapporté leurs chevelures dont il voulait orner la chambre nuptiale destinée par lui à Sève-d'Erable.

Toutes ces grandes prouesses furent en pure perte; celle-ci ne voulait que des victoires fécondes, dans lesquelles Coyocopchil, sans rival pour le meurtre, devait trouver des concurrents nombreux.

Celui-ci furieux prit la belle vierge en haine, et résolut de s'en venger. Les murmures des vieillards lui en fournirent une excellente occasion. Il les appuya de toute l'autorité de sa parole.

— Les jeunes guerriers des Cénis, dit-il, veulent donc remplacer les femmes que les hommes blancs nous ont enlevés, ils ne poursuivent plus le lynx ni l'aigle, ils laissent leurs ennemis reprendre des forces, ils laissent leurs arcs suspendus aux branches du platane blanc.

Les vieillards firent entendre un murmure de réprobation contre le parti qu'attaquait ainsi le grand chef. Celui-ci ajouta :

— Les forêts n'ont-elles plus de daims ni de bisons? Pourquoi nous faisons-nous esclaves des pigeons et des poules? Est-ce que les jeunes guerriers des Cénis ne veulent plus supporter la fatigue ni endurcir leurs membres à la course? Veulent-ils donc oublier la manière de suivre à la trace le gibier ou l'ennemi? Veulent-ils s'endurcir l'oreille pour se laisser surprendre?

Personne n'osa répondre ouvertement au grand chef; mais, le soir, Tahualipa reprit son influence sur les jeunes Cénis, en leur disant simplement ceci :

— A chaque demande humiliante adressée par Maître-de-la-Vie, vous n'aviez qu'à répondre : Non!

Et les deux partis restèrent formés comme auparavant : les vieillards ou conservateurs appuyés par la rancune du terrible chef tatoué, et les jeunes gens ou progressistes travaillant à l'amélioration de la tribu sous le feu des beaux yeux de Sève-d'Erable.

Si la paix avait duré dans ces conditions-là, le parti de Tabualipa se fût grossi inévitablement. Il y a des moments, chez tous les peuples, où l'amour de la nouveauté vient réveiller les germes d'activité qu'ils contiennent. Toutes les histoires, si incomplètes qu'elles soient, indiquent ces éclosions subites à la lumière, cette fièvre d'aller en avant qui donne des ailes à toutes les forces vives d'une nation.

Les Cénis, sous l'impulsion de la charmante fille d'Etteactéal, se trouvaient dans cette phase de désir du mieux. L'inertie et la paresse leur pesaient; désormais ils étaient devenus curieux; d'escarbots stupides, ils se faisaient papillons.

Pour annuler l'influence de sa rivale, le grand chef Coyocopchil fit résoudre la guerre contre les Attakapas.

Pendant que cela se passait dans le pays des Cénis, un gentilhomme, cadet de famille, M. Gatien de Belle-Isle, était abandonné dans la baie de San-Bernardo. Faut-il vous redire tous les détails de cette espèce de naufrage que lui-même a répandus, et dont vous avez sans doute entendu parler?

En deux mots, la Louisiane venait d'être concédée à la Compagnie des Indes, qui y fit passer des colons à ses frais. Ce fut sur un de ces vaisseaux que M. de Belle-Isle s'embarqua au port de Lorient, avec d'autres officiers et volontaires, pour cette colonie. Le bâtiment, entraîné par les courants, manqua l'embouchure du Mississipi, et fut porté à la baie San-Bernardo.

Le capitaine jeta l'ancre pour reconnaître la position du

navire, et envoya sa chaloupe à terre afin d'y faire de l'eau. M. de Belle-Isle profita de l'occasion pour aller tuer quelque gibier frais, avec quatre de ses compagnons : un nommé Jutel, qui venait établir un théâtre à la Nouvelle-Orléans, MM. de Crozat, nommé par le roi commandant du port, de Kerlerec et Duroux, tous deux officiers venant prendre des commandements supérieurs dans les troupes de la colonie.

Le soir venu, le capitaine du vaisseau attendit inutilement nos imprudents chasseurs qui s'étaient égarés dans l'ardeur de la poursuite. On envoya la chaloupe qui les héla toute la nuit avec un porte-voix. Le lendemain on tira le canon pour les avertir; on fit des feux avec du bois vert, dont la fumée épaisse devait leur servir de signal.

Mais, comme on ne voyait rien venir, et qu'un vent d'ouest très-favorable s'était levé, le capitaine se décida à se remettre en mer et à abandonner ses passagers.

Ceux-ci arrivèrent au rivage, assez à temps pour voir encore le vaisseau à l'horizon, gros comme un goëland, déployant ses ailes blanches sur la toison frisée des flots. Plus d'espoir! ils se trouvaient dans un pays inconnu où erraient seules des hordes de cannibales, plus terribles à rencontrer que les bêtes féroces des forêts.

Ils résolurent d'abord de ne pas se quitter et de marcher en s'orientant de leur mieux vers le premier établissement européen qu'ils rencontreraient. Mais l'aurore du lendemain n'avait pas lui, que déjà la division s'était mise entre eux.

Duroux avait sur lui une carte du golfe du Mexique; il fit

voir à ses compagnons qu'ils avaient moins de chemin à faire pour gagner Béjar, ville espagnole, que la Nouvelle-Orléans. Gatien de Belle-Isle demanda quel avantage il y avait à reculer du côté du Mexique.

M. de Crozat, qui tenait à aller le plutôt possible prendre possession de son emploi, fut de l'avis de continuer vers la Louisiane. MM. de Kerlerec et Jutel, qui redoutaient les sauvages, pensèrent avec Duroux à abréger le chemin. On se sépara donc, deux d'un côté et trois d'un autre. Une heure après, l'unique compagnon de Gatien, M. de Crozat, voyant qu'il n'avait pas de poudre, quitta celui-ci qui n'en avait guère, et partit dans la direction de Béjar, dans l'espérance de rejoindre promptement Duroux et les siens.

C'était un singulier original que ce Belle-Isle. Je n'en ai pas osé prendre le portrait, parce qu'il vit encore ; et, malgré la paire d'ailes dont je l'aurais inévitablement gratifié, ainsi que Sève-d'Érable et son rival, Maître-de-la-Vie, il aurait pu croire que j'avais été guidée par un sentiment tendre, dont il se serait hautement glorifié.

Quand il fut résolu à s'en aller seul à la recherche du Mississipi, Gatien tira sa montre et regarda l'heure ; il ouvrit sa tabatière et se poudra le nez. Cela faisant, il pensa que le voyage était long, il avait au moins deux cents lieues à faire sans route tracée. N'était-il pas prudent de dîner avant de se mettre en chemin ?

Dîner comme on dînait en Bourgogne, son pays natal, il n'y fallait pas songer. Il se mit alors à fouiller ses poches, qui ne contenaient que du biscuit, quelques tablettes de chocolat d'Espagne, et des pastilles de menthe.

C'était maigre, mais il fallait s'en contenter. En cherchant de l'eau, il vit un pigeon de très-grosse espèce qui piquait des fruits sur une branche basse de plaqueminier.

Il tira son épée pour l'atteindre ; mais le pigeon était descendu pour boire à une source, où Gatien, à son grand étonnement, put le prendre avec la main. Cette proie était grasse et succulente, surtout pour un appétit comme le sien ; cependant, voyant ce beau pigeon si privé et si confiant, il résolut de l'épargner.

Malgré sa faim, une idée bizarre lui vint en tête : il avait entendu dire que les pigeons reviennent toujours à leur couvée, et que souvent on s'était servi de cet instinct paternel pour échanger d'importantes nouvelles, sans danger de trahison. Il tira son portefeuille et écrivit ceci :

« Gatien de Belle-Isle, cadet de famille et pauvre comme « Job, erre en ce moment dans les bois de la baie San-Ber- « nardo, où l'ont conduit son désir de faire fortune et son « envie de voir le monde ; vingt ou trente hommes qui cerne- « raient autant de lieues de terrain avec des porte-voix et des « mousquets, auraient des chances de le retrouver sain et « sauf, s'ils ne perdent pas de temps.

« GATIEN DE BELLE-ISLE, *ex-mousquetaire aux gardes.* »

Il attacha ce billet sous l'aile du pigeon et lui donna

la liberté. Quand il vit son dîner s'envoler à tire-d'ailes :

— Vraiment, je suis bien fou! s'écria-t-il, de ne pas avoir mangé mon messager. Sa familiarité n'indique pas du tout qu'il appartienne à quelqu'un ; au contraire, c'est une preuve de son ignorance des hommes.

Pendant trois jours, Gatien ne vécut que de racines, de fruits suspects et d'œufs d'oiseaux, quand il parvenait à trouver un nid. Ses forces s'affaiblissaient et il ne comptait plus aller bien loin. Cependant il ne se désespérait pas.

Sur la fin du troisième jour, il arriva au bord d'une rivière d'un vert d'émeraude sans pareil, dont les eaux coulaient abritées sous un dôme de verdure; il prit un bain qui lui rendit un peu de forces, admira la majesté du site, écouta avec extase les chants du loriot et les gaies parodies du merle moqueur, et composa des vers assez bien tournés sur sa position pittoresque.

Cela fait, il chargea et amorça un pistolet qu'il portait entre son habit et sa veste, prit une pastille de menthe pour se rafraîchir l'haleine; puis il s'étendit sur la mousse en s'encourageant ainsi :

— Je puis dormir tranquille, j'ai là tout ce qu'il faut pour m'empêcher de trop souffrir, si je ne dois pas revoir les hommes.

Gatien, malgré l'état de son estomac, fit un beau rêve; il lui sembla que le pigeon qu'il n'avait pas fait cuire était venu se poser sur les genoux d'une jeune fille demi-nue qui lisait couramment son billet de détresse. Il souriait de bonheur, lorsqu'il fut réveillé en sursaut par un cauchemar épouvantable.

Coyocopchil, le terrible Maître-de-la-Vie, était devant lui entouré d'une centaine d'Indiens peints en couleur de roucou, ceints de feuilles et de plumes, et poussant des cris affreux.

Le grand chef portait en trophée trois chevelures, au nombre desquelles Gatien reconnut sa propre perruque. A cette vue, il comprit tout d'abord qu'il venait d'être scalpé sans douleur, grâce à la mode française de s'affubler de faux cheveux. Il avait en outre cinq ou six flèches plantées dans ses larges manches et dans les replis de son vêtement.

Les sauvages le croyaient mort et poussaient déjà des cris de triomphe. Pour les désabuser, Gatien se leva à la hâte et déchargea en l'air le pistolet qu'il avait préparé la veille.

A ce bruit, tous s'enfuirent, excepté Coyocopchil qui cherchait à cacher son émotion. Gatien alla droit à lui, reprit sa perruque qu'il replaça sans façon sur sa tête, serra les mains du guerrier tatoué en signe d'amitié, et se mit à manger tranquillement du poisson rôti que les fuyards avaient laissé tomber dans leur émoi.

Le grand chef le regardait d'un air stupide qui semblait dire :

— Je ne serais pas trop éloigné de te prendre pour un *manitou*.

Quand le Français eut fini son déjeûner, il rechargea son arme, fit jouer son épée dans son fourreau, et, essayant quelques mots de la langue indigène venus à sa connaissance, il rassura les compagnons de Maître-de-la-Vie, dont la terreur commençait à se calmer; puis il fit signe à celui-ci qu'il désirait le suivre jusqu'aux ajoupas de son carbet.

Quelques heures après, les guerriers Cénis qui revenaient de leur expédition contre les Attakapas, firent avec lui leur entrée dans le grand village de leur tribu.

Coyocopchil avait bien réfléchi pendant la route; il s'était demandé si cet invulnérable étranger était un manitou, dieu ou génie, ou si ce n'était qu'un homme blanc de la race de ceux qui avaient enlevé les filles des Cénis. Comme il n'avait jamais vu de perruque et que les flèches avaient paru respecter l'*Homme-au-Tonnerre*, il inclinait à croire que celui-ci était venu dans les bois du Rio Colorado par le chemin des papillons.

Cette opinion, d'ailleurs, rassurait son amour-propre vis-à-vis de ceux qui avaient vu l'étranger reprendre sa chevelure. Il donna donc à Gatien le nom de *Papillon-Puissant*, et expliqua qu'il avait vu ses ailes repliées sous les basques de soie de son juste-au-corps.

— Au surplus, pensa-t-il, si ce n'est qu'un homme comme un autre, je trouverai bien, plus tard, le moyen de m'en débarrasser.

Cette manière de raisonner prouvait que Maître-de-la-Vie craignait d'avance la rivalité du Français. En cela, on va le voir, il ne se trompait pas du tout.

Pas une voix ne proposa de mettre Gatien de Belle-Isle ou le

Papillon-Puissant au cadre de torture : le miracle de la perruque et l'impuissance des flèches sur lui le rendaient sacré désormais aux yeux des Cénis On lui donna un ajoupa, en le priant d'attendre, pour se choisir une femme, que les fillettes de la tribu fussent nubiles, ce qui ne pouvait pas beaucoup tarder.

Comme il allait entrer dans sa nouvelle demeure, une jeune fille d'une grande beauté vint au-devant de lui. Elle portait des bracelets d'argent aux pieds et aux mains, et avait les reins ceints d'une pagne en fourrure de cygne ornée des plumes vertes de la perruche de l'Ohio et des plumes cuivrées de la grande poule de la Louisiane. Ses cheveux retombaient à l'européenne sur un col gracieux et à peine bruni par le soleil; un pigeon à collier, semblable au messager épargné par lui, était gracieusement perché sur l'épaule ronde de la belle Indienne

C'était Sève-d'Erable.

— J'attendais le Français égaré, dit-elle de sa voix douce et sympathique à Gatien.

Celui-ci était si loin de s'attendre à cette gracieuse apparition, qu'il devint rouge comme un jeune amoureux. Il lui sembla qu'il continuait son rêve. Sève-d'Erable, d'ailleurs, tenait son billet à la main.

L'étrange beauté de Tahualipa, les circonstances de sa rencontre avec elle, le mystère de cette intelligence féerique qui avait recueilli et compris le message de la colombe, il n'en fallait pas tant pour frapper au cœur Gatien de Belle-Isle.

Il se laissa conduire par elle sous un massif de magnolias

en fleurs plantés récemment par ses amants indigènes. Là elle mit devant lui des galettes de maïs, des fruits, des poissons, et un oiseau rôti dans des feuilles de vigne, en ajoutant à ces mêts, auxquels il fit grand honneur, du vin d'érable doux et piquant comme du champagne.

Tout en rassasiant sa faim, Gatien devenait de plus en plus amoureux de Tahualipa, assise auprès de lui et le regardant avec bonheur. Lui qui était sans cesse à la recherche des situations rares et extraordinaires pouvait-il mieux désirer? Assurément, il ne regrettait plus ses compagnons de route.

Sève-d'Erable se mit alors à expliquer à son hôte son désir ardent de rendre sa nation plus heureuse et moins féroce; elle lui parla des progrès déjà accomplis et de ceux qu'elle avait projetés.

— Le Grand-Esprit t'a jeté parmi nous, ajouta-t-elle, pour doubler ma force. Coyocopchil barre le chemin à Sève-d'Érable. Il s'est nommé Maître-de-la-Vie et veut mériter ce terrible nom. Quand il t'a rencontré, il venait de scalper dans les villages des Attakapas afin de mettre de hideux trophées de guerre au-dessus des arbres à fleurs et à fruits que, pour me plaire, les jeunes Cénis sont allés demander à la forêt.

Gatien ne comprenait pas où Tahualipa avait pu prendre d'aussi grandes idées; son enthousiasme grandissait en l'écoutant parler ainsi. Lorsqu'elle eut dit, il lui fit une déclaration ardente, une des plus vraies et des mieux senties qui fût jamais sortie de ses lèvres et l'assura de son aide dans une œuvre si admirablement conçue.

Il était sérieusement épris de Sève-d'Erable, et bien qu'aussi volage que mon second mari don Olivarès, il se fit, pendant plusieurs semaines, l'esclave assidu de la vierge du Rio Colorado.

Sève-d'Erable ne tarda pas à partager la passion de Gatien : il était gracieux de manières, élégant et beau, tendre et persuasif, puis sa voix tranchait si harmonieusement sur toutes ces intonations rudes qu'elle entendait autour d'elle.

Cependant ce nouvel amant ne la quittait plus, à la mode des amoureux de France, il était pressé et pressant. Chaque jour il suppliait Tahualipa de cesser ses irrésolutions et de se donner enfin à lui.

La pauvre vierge hésitait, bien malgré elle; mais dans la passion d'amour, les femmes se montrent plus raisonnables et plus fortes que le sexe fort. Si elle devenait la femme du bel étranger blanc, toute cette troupe de rivaux dans le cœur desquels l'espoir d'être préféré entre tous soufflait le feu sacré qui fait entreprendre les bonnes et grandes actions, toute cette jeunesse empressée à lui plaire et à servir ses volontés fécondes, allait tomber dans le découragement et ouvrir l'oreille aux insinuations rétrogrades de Maître-de-la-Vie.

— Laisse fleurir encore une fois, lui disait-elle, les cimes vertes des Sumacs, alors une nouvelle génération de vierges nubiles aura remplacé celles que nous ont enlevé les colons de ton pays; les jeunes guerriers Cénis les prendront pour épouses, et Sève-d Erable sera libre. Dans un an d'ailleurs, ils auront assez goûté des choses nouvelles pour ne plus écouter les conseils féroces des vieillards.

Le sacrifice était grand pour la pauvre vestale, mais le but en était si noble qu'il était impossible de ne pas l'aider à l'accomplir jusqu'à la floraison des Sumacs. Cependant l'impatience de Gatien ne diminua pas, il essaya même de plaisanter sur la mission que s'était volontairement imposée Tahualipa.

Il lui dit un jour, avec ce ton de moquerie familier à sa nation, que le bonheur de toutes les tribus errant entre les grands fleuves l'inquiétait peu et qu'il le sacrifierait volontiers, s'il en était le maître, pour un seul baiser de sa Tahualipa bien-aimée.

Ce ton léger fit beauconp de peine à Sève-d'Erable; si elle n'avait pas été aussi aveuglée par sa passion, elle aurait dès ce moment désespéré du gentilhomme français, que sa résistance commençait du reste à fatiguer.

Cependant le grand chef, Maître-de-la-Vie, résolut de perdre les deux amants qui détournaient sur eux seuls toute l'admiration de ses sujets. Par besoin de distraction et amour de l'originalité en tout, Gàtien de Belle-Isle avait fini par se familiariser avec le chef sauvage; il avait chassé avec lui, il avait appris à tirer de l'arc, et n'aurait pas été trop éloigné de s'en aller apprendre à enlever les chevelures des Attakapas, en compagnie de ce monstre tatoué.

Faut-il le dire? à sa honte et au grand désespoir de Sève-d'Erable, il en venait peu à peu à trouver plus de nouveauté dans les sauvages occupations de cet affreux Coyocopchil que dans les fantaisies poétiques, douces et progressives de son amante. Et pourtant Coyocopchil tramait sa perte.

— Voyez-vous, dit-il à ceux auxquels l'amour trop passionné de l'étranger blanc donnait le plus d'ombrage, voyez-vous *Papillon-Puissant* avec la fille du Grand-Jongleur; il lui apprend le moyen d'avoir des ailes comme celles avec lesquelles il est venu parmi nous; avant que la lune nouvelle paraisse, Tahualipa sera papillon comme lui et ils s'envoleront ensemble.

Un matin, il prit avec lui deux des amants les plus jaloux, et pria Gatien de venir chasser les albatros dans les rochers au bord de la mer.

Ils arrivèrent, deux heures après, sur le rivage, bordé en cet endroit par de hautes crêtes rocheuses où les oiseaux de mer faisaient leurs nids. Un canot, avec une voile grossière, était amarré à la côte.

Les trois sauvages avaient devancé leur compagnon et parlaient entre eux, lorsque le pigeon familier de Sève-d'Érable, qui était habitué à suivre Gatien, vint se poser sur son épaule en battant de l'aile; celui-ci comprit et trouva en effet, sous l'aile du messager, un morceau d'écorce charbonné, sans orthographe, où l'écriture française se trouvait imitée d'une manière quelconque par Tahualipa; ce billet ne contenait que ces mots :

« Papillon-Puissant, prends ton vol; Maître-de-la-Vie veut « jeter ton corps au grand Lac salé. »

Sans plus s'effrayer, le Français écrivit au crayon :

« Que Sève-d'Érable se calme, je tuerai Maître-de-la-Vie. »

Puis il s'assura qu'il avait sur lui son pistolet, dont il ne se servait jamais, de peur d'en émousser l'effet terrible dans l'esprit de ses hôtes du Rio Colorado. Il avait aussi son épée pour se défendre.

Tout cela n'échappa pas au rusé Coyocopchil; il comprit que le pigeon venait d'avertir le Français et retournait vers Sève-d'Érable avec un *papier qui parle*.

Il profita d'un moment d'inattention de la part de Gatien, et, d'un coup de flèche, arrêta la mission du pauvre oiseau qui tomba mort sur le gazon. Puis il résolut de se défier du Français, dans les mains duquel il avait vu briller *le tonnerre qui tue*, en langage ordinaire, une arme à feu.

Arrivés aux rochers, il fallait descendre au rivage par un sentier à pic, en s'accrochant aux pierres et aux arbustes. M. de Belle-Isle fit passer devant lui les deux compagnons du grand chef, afin de les surveiller. Quant au grand chef lui-même, il feignit de prendre une autre route et se cacha derrière les rochers pour attendre le dénoûment.

Une demi-heure s'était à peine écoulée, Coyocopchil entendit un coup de feu; il se leva alors et vit ses deux complices tombés la face contre terre. Un moment après, rassurés par des paroles qu'il ne put entendre, malgré la finesse de son oreille, les deux Cénis montaient dans le canot amarré à la côte.

Le rusé Maître-de-la-Vie les voyant pagayer sous la direction de Gatien, tranquillement couché au fond de l'embarcation, comprit que le Francais avait fait ses esclaves de ses ennemis, et qu'il comptait profiter du vent d'ouest et des courants pour regagner à la voile les côtes de la Louisiane. A cette pensée il fit un sourire diabolique et s'écria, en suivant de l'œil le canot qui fuyait :

— La mer ne craint pas le tonnerre qui tue; le grand Lac salé mangera le corps du Papillon-Puissant. Maintenant, Sève-d'Érable m'appartient.

Pendant que ce dénoûment imprévu avait lieu, la pauvre Sève-d'Érable était restée en proie à des pressentiments sinistres; son beau messager ailé avait-il bien su trouver son amant? Pourquoi ne voyait-elle revenir ni son pigeon ni son Gatien?

— Ah! pensa-t-elle, si Sève-d'Érable avait consenti à se donner à l'étranger blanc, l'étranger blanc ne l'aurait pas quittée pour suivre Maître-de-la-Vie!

Elle ne put attendre plus longtemps, et prit le chemin où avaient disparu les quatre chasseurs d'albatros. La première chose qui frappa ses yeux sur sa route, fut la pauvre colombe à collier qui gisait sur le gazon. A cette vue, Tahualipa se sentit mourir à son tour; elle tomba sur ses genoux comme affaissée.

Ce n'était pas Gatien, son brave Papillon-Puissant, qui aurait percé d'une flèche le cœur de son oiseau favori, c'était assurément Maître-de-la-Vie, Gatien était donc mort!...

Le désespoir où la plongeaient ces tristes pensées eut pourtant une trêve quand elle vit le billet qui contenait ces mots :

« Que Sève-d'Erable se calme; je tuerai Maître-de-la-Vie. »

Mais, hélas! cette trève à sa douleur fut de courte durée. Elle allait reprendre sa course vers le rivage du *grand Lac salé*, lorsque Coyocopchil, le terrible Maître-de-la-Vie, lui apparut, le rire infernal du triomphe sur les lèvres :

— Coyocopchil a coupé les ailes au Papillon-Puissant, lui dit-il; Maître-de-la-Vie est seul semblable au *Manitou* maintenant; il peut seul donner des ailes à Tahualipa pour qu'elle s'envole avec lui.

Ce qui se passa après cette bravade, entre Maître-de-la-Vie et Sève-d'Érable, est demeuré un mystère. La vestale qui entretenait le feu sacré sur les rives du Rio Colorado ne reparut plus. Le monstre tatoué expliqua cette disparition en disant que Papillon-Puissant ayant repris le chemin des airs, Tahualipa, à laquelle il avait donné des ailes semblables aux siennes, s'en était servi, à ses yeux, pour rejoindre son amant.

Et la tribu des Cénis qui commençait à devenir heureuse, sous l'influence d'une vierge, redevint errante, grossière, vivant au jour le jour. Elle continue à scalper les chevelures et à brûler ses prisonniers de guerre, jusqu'au jour prochain de son entière destruction.

CAZOTTE.

CONVERSION DU GRAND PAON DE NUIT

— Quelle singulière histoire! dit la marquise de La Croix, il n'y a qu'à cet original de Gatien de Belle-Isle qu'il en arrive de semblables.

— Vous avez oublié, marquise, Georges Dupleix qui trouva Carmen en chassant les bisons et les peccaris à travers les pampas du Nouveau-Monde; et les frères Rodolphe et Astolphe qui promenèrent une nouvelle Cypris à travers les airs avec des ailes de papillons; et l'aventure des deux rivaux d'Avignon si miraculeusement transformés par le comte Cipio.....

— Chut! fit à ce nom la princesse Ginebra, ne parlez pas en ce moment du comte Cipio, je vous en prie.

Les deux interlocuteurs firent une pause et se regardèrent surpris; mais, par discrétion, ils reprirent leur conversation en se conformant à la prière de Ginebra.

— C'est vrai! dit la marquise, depuis huit jours nous allons de féeries en féeries; mais ce M. de Belle-Isle est une de nos connaissances, il vit encore, et je lui en veux de ne pas avoir su tirer un meilleur parti des merveilleuses circonstances de son naufrage.

— Auriez-vous donc préféré, chère madame, qu'il eût encouragé Sève-d'Érable dans sa poétique entreprise; songez-y, avec de pareils sauvages, elle eût infailliblement trouvé la mort pour récompense de ses efforts.

— Mais croyez-vous donc que cet affreux Coyocopchil l'ait mieux traitée, quand il la vit en sa puissance, seule, sans défense, sur les bords de la mer dont les vagues retentissantes étouffent les cris de détresse. Pour ma part, je serais bien soulagée, si je pouvais croire qu'il n'ait fait que lui donner la mort.

— Moi, je crois au récit du monstre tatoué; j'ai confiance dans la nature supérieure et éthérée de la belle Tahualipa. Au moment du danger, l'intervention de quelque génie de l'air lui aura donné sans doute les moyens de s'envoler dans l'espace et d'aller rejoindre son amant.

— J'aurais préféré que cette issue miraculeuse vînt du fait de Gatien de Belle-Isle lui-même qui, dans cette occasion, me semble sinon plus volage, au moins plus insouciant que le prince Olivarez de Moncade.

A ce dernier nom, Ginebra tressaillit comme elle avait fait à celui du comte Cipio.

— Oh! je vous en conjure! s'écria-t-elle d'une voix basse et suppliante, ne parlez pas de mon second mari non plus que du premier.

Cette nouvelle injonction intrigua au plus vif degré Cazotte et la marquise; c'était la seule part qu'avait prise Ginebra à la conversation, elle qui commentait ses récits pittoresques avec tant de plaisir. Cette fois elle semblait avoir oublié ses hôtes, et restait silencieusement accoudée sur l'appui de sa fenêtre, l'œil fixé sur un massif de térébinthes.

Elle cessait de parler, lorsqu'on entendit un cri perçant qui semblait venir du fond du parc.

— Enfin, le voilà ! exclama la princesse.

Cazotte, par un mouvement de curiosité irrésistible, courut à la fenêtre; mais la princesse l'arrêta d'un geste grave et presque impérieux.

— Je devrais vous éloigner, lui dit-elle; mais je n'en ai pas le courage, en songeant à l'intérêt que vous prenez aux mystères qui entourent ma vie. Au moins, mon ami, restez dans l'ombre de la chambre, et quoi qu'il arrive, ne bougez pas.

Dissimulé avec soin dans un angle du musée de la villa, Cazotte remarqua un grand papillon *feuille-morte* qui, placé sur une branche avancée de térébinthe, échangeait des signes avec la princesse. Il vit aussi un beau vulcain couleur de feu, qui, loin de dormir à cette heure de nuit, selon l'usage de ses confrères, faisait un actif service de messager entre la princesse et le personnage aux ailes feuille-morte.

Cette anomalie d'un papillon de jour voltigeant à la lueur

des étoiles mit le poëte sur la trace de la vérité. Ce vulcain, qui ne dormait pas, ne pouvait être que Zitto, le Génie assistant du comte Cipio, dans le costume qu'il revêtait pour apparaître à la bien-aimée de son maître.

Quant au papillon feuille-morte, qui semblait une dépouille d'automne arrêtée dans sa chute par les vertes aiguilles des térébinthes où les yeux de Ginebra étaient arrêtés, ce ne pouvait être que la forme symbolique choisie par l'âme du comte lui-même, pour faciliter les communications posthumes entre lui et son ancienne compagne.

Les paroles suivantes de celle-ci le confirmèrent dans cette supposition.

— Je vous le jure, ô noble esprit! ô grande âme qui avez formé mon intelligence et épuré mon être! puisque vous mettez cette condition à la continuation de nos entrevues mystiques, puisqu'à ce prix vous continuerez à venir m'apprendre les secrets des hautes régions où vous planez maintenant, le transfuge, que je vais revoir, sera, dès son retour, traité comme vous le désirez.

L'auteur du *Diable amoureux* cherchait à pénétrer le sens de ce serment, lorsque le page de don Olivarès, Azuleo, parut la physionomie rayonnante, le corps rajeuni, les ailes agitées et aussi brillantes qu'à l'époque où le prince de Moncade l'avait enlevé dans les prairies du Guadalquivir.

— Oh! madame, dit-elle à Ginebra, je viens vous préparer à une grande joie!...

— Je sais tout, mon enfant; j'ai entendu votre cri de joie

et de surprise, et j'en ai déjà appris la cause. Qu'il vienne! qu'il vienne sans plus attendre, je suis assez maîtresse de mo, pour supporter cette émotion.

Au même instant un inconnu, qui rappelait parfaitement le portrait du second mari de la princesse, s'élança d'un coup de ses larges ailes déployées au vent du soir, comme les draperies d'un manteau, et vint tomber aux pieds de Ginebra.

C'était don Olivarès lui-même, le volage prince de Moncade y Léon. Dans l'ombre et à la première vue, le beau prodigue paraissait encore jeune, la joie qui le transfigurait empêchait de voir le délabrement de ses ailes; mais, en y regardant de plus près, Cazotte vit des déchirures dans son manteau symbolique, les quatre yeux en étaient ternis, et l'on apercevait des places dénudées et dépouillées de leur pluche soyeuse, comme les coudes d'un vieil habit.

— Si c'est à l'intervention du comte Cipio qu'elle doit de le revoir, pensa le poëte, il aurait bien dû intervenir plus tôt; les âmes conserveraient-elles encore loin de leur enveloppe planétaire des sentiments de jalousie?

Cependant la princesse avait relevé don Olivarès, et tous deux pleuraient dans les bras l'un de l'autre.

— Ma Ginebra bien-aimée, dit celui-ci, je t'ai toujours aimée, je t'aimerai toujours. Depuis mon retour d'Amérique, je n'ai eu qu'une pensée, qu'un désir constant, celui de te rejoindre, mais je ne sais quelle puissance fatale a toujours rendu vain le plus ardent de mes souhaits.

— Tu ne me quitteras plus maintenant....

— Oh ! non, jamais, ma Ginebra, jamais.

A l'aspect de cette joie conjugale, si vive et si expansive après une trêve de plus de trente ans, Cazotte se rappela ces touchantes paroles de la princesse :

« On ne sait pas à vingt ans que la solitude est souvent « bien lourde aux vieillards, et que, près de la tombe, on a « besoin d'un ami qui en égaie la route, et vous y fasse mar- « cher à pas plus lents. »

Pendant les caresses du retour, le papillon feuille-morte avait quitté les térébinthes, et s'était posté sur une branche de jasmin qui festonnait la fenêtre, et le vulcain se mit à voltiger autour des mèches grisonnantes de la chevelure de Ginebra. Celle-ci s'aperçut enfin de cette double présence.

— Ah ! pensa-t-elle, j'allais oublier mon serment à l'âme du comte.

Disant cela, elle prit résolument ses ciseaux d'or, se remit dans son fauteuil, et attira à elle son mari qui s'était agenouillé sur un carreau, à ses pieds. Puis, elle saisit le moment où le volage renouvelait ses protestations de fidélité à venir en se penchant vers elle, et d'un seul coup, elle le mit dans l'impossibilité de s'abandonner désormais au vent du caprice, en lui enlevant ses larges ailes brunes dont il avait tant abusé.

Don Olivarès ne parut s'apercevoir de rien ; seulement il cessa de parler et laissa tomber sa tête sur les genoux de sa femme. Une minute après, il était paisiblement endormi. Ginebra l'embrassa encore une fois, puis, ayant appelé à son aide son vieux serviteur à la livrée d'argus et le page Azuleo, l'iris des prés, elle transporta son mari dans un bon lit, où il put à son aise se reposer de ses fatigues.

Quand elle revint auprès de ses hôtes, le comte Cipio et son Génie assistant avaient quitté le jasmin et les térébinthes et s'étaient envolés dans les hautes régions.

Cazotte avait pris l'attitude extatique qui lui était familière. Les dernières scènes auxquelles il venait d'assister, ces merveilleux mélanges de créatures terrestres et de créatures aériennes, les métamorphoses singulières dont il avait été témoin, la présence du sylphe Zitto, les communications d'outre-tombe entre Ginebra et le comte : tous ces miracles de la science cabalistique le jetaient dans un ravissement ineffable qui le rendit muet pendant quelque temps.

Cette fois, ce n'étaient plus simplement des images ou des reliques appendues aux murailles, ce n'étaient plus des récits et des paroles. Il avait vu par ses yeux, il avait pris le miracle sur le fait : le grand paon de nuit avait perdu ses ailes en sa présence, l'iris des prés, le vulcain couleur de feu, le papillon feuille-morte et jusqu'au vieil argus, avaient mis leur double nature en action devant lui. La féerie était bien réelle, il n'en pouvait plus douter.

— En vérité! s'écria-t-il au sortir de sa rêverie, la nature est une grande magicienne; elle a des transformations qui feraient croire aux miracles si l'on n'avait pas foi dans sa panthéique unité. Oui, l'univers est une immense guirlande dont les anneaux s'enlacent, dont les festons s'entremêlent à l'infini, sous le souffle de la vie éternelle. Un jour viendra où ces magiques transformations, où ces poétiques échanges de formes seront aidés par les volitions humaines, j'en ai l'espérance certaine; nous touchons à la renaissance des merveilles dont le souvenir vit encore dans les traditions de l'Orient.

La marquise était heureuse de voir son élève en science hermétique prendre ainsi son essor, et la princesse se félicitait de l'effet énergique produit sur le poëte par ses récits fantastiques et les derniers événements de sa propre vie.

— Désormais, continua Cazotte, ce sera vous, ô Philomèle! qui chanterez pour moi par la voix du rossignol; Ithys, Prógnée, Cyparisse, Daphné, je croirai à vos gracieuses métamorphoses. Maintenant, c'est à la fable et à la féerie que j'irai demander le secret des sentiments de l'âme et la raison des choses créées.

La marquise et la princesse, transportées par l'élan du poëte, coururent l'embrasser.

— Et maintenant, termina Ginebra, il faut aller aussi prendre du repos; ne vous semble-t-il pas que nous l'ayons bien gagné?

ENTOMOLOGIE DES DAMES

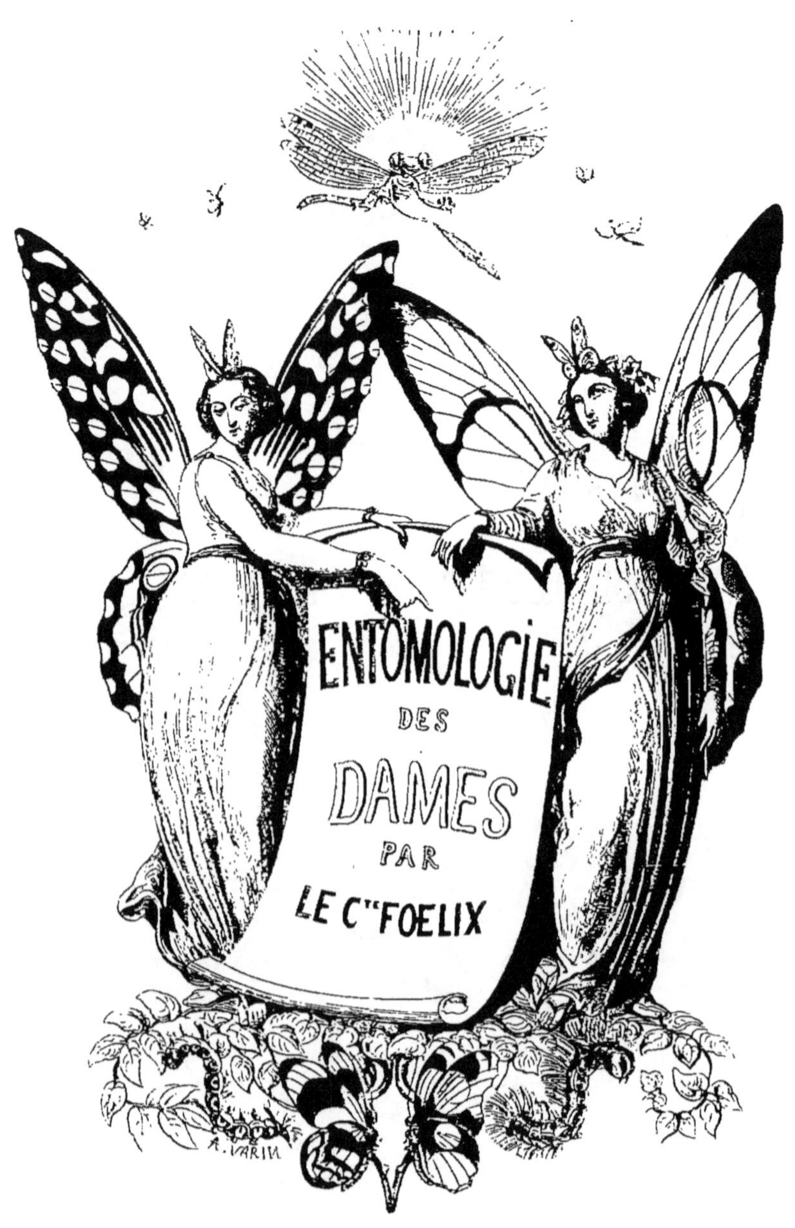

GABRIEL DE GONET, ÉDITEUR
6, RUE DES BEAUX ARTS.

LES PAPILLONS, ENTOMOLOGIE DES DAMES

LETTRES SUR L'ENTOMOLOGIE

PAR

LE C^{TE} FOELIX

PREMIÈRE LETTRE

Oh ! ne vous plaignez pas, madame ! Oui, vous êtes à trente lieues de Paris, au bout du monde ; loin, bien loin du bruit, de l'agitation, de l'intrigue. Vous ne nagez pas dans un océan d'or et de soie sous l'ardente lumière du gaz ; vous n'avez pas à admirer des paysages de convention, éclairés par les feux de la rampe ; vous ne goûtez pas ces plaisirs ardents qui usent si vite les sens et le cœur.

Mais sur les vertes pelouses de votre charmant cottage ; au milieu des fleurs, vos sœurs, vos chastes, fraîches et douces compagnes, vous respirez, sous un ciel bleu, un air embaumé. Votre oreille est charmée du bruissement des arbres, du bourdonnement de l'abeille, du chant du rossignol ; et, sous les rayons du soleil qui poudroie, vos regards suivent le vol capricieux, fantastique de ces myriades de papillons... folâtres enfants de l'air, véritables fleurs animées, pour qui les secondes sont des années, et qui pourtant ne meurent enivrés de plaisirs que pour renaître à des plaisirs nouveaux.

Mais il vous faut davantage : vous voulez savoir l'histoire de ces délicieuses créatures, séduisants génies dont les courses vagabondes, les riches couleurs, la pose mignarde, le gracieux battement d'ailes font sourire l'âme et le cœur. Vous voulez savoir leurs secrets, être la confidente de leurs amours.

Malheureusement les papillons n'écrivent pas... Ah! s'ils écrivaient!...

Mais fi! ces charmants petits princes, ces fils du soleil se salir au contact d'un papier poudreux! eux qui, après avoir tressailli sur le calice des plus belles fleurs, éprouvent le besoin de se baigner dans l'éther des cieux!

A qui donc demander l'histoire de ce charmant peuple ailé? aux savants, hélas! ou il faut ne la demander à personne : la fantaisie est le domaine de tout le monde; la science est le domaine exclusif du savant.

C'est à la science donc que nous allons faire appel; c'est dans ses arcanes que, pour vous plaire, nous allons tenter de pénétrer. O profanation! à ces doctes qui se trouvent sur notre chemin, nous parlons *papillons;* ils nous répondent *chenilles!*...

Ici, madame, je vous vois bondir d'indignation.

O Dieu! dites-vous; Dieu dont les œuvres sont si admirables, comment les sévérités de votre justice ne se font-elles pas sentir aux audacieux qui, depuis des siècles, ternissent de la poussière de leur prétendue science les plus belles pages de votre glorieux livre!

Nous comprenons ce grand courroux; et pourtant nous ne saurions le partager complétement. Sans doute, les savants ne sont pas toujours aimables; mais, en conscience, ce n'est pas leur faute si le papillon vient de la chenille, comme le chêne vient du gland, le lis de l'oignon. Notre monde n'est qu'un vaste laboratoire de métamorphoses, où toutes les choses créées changent et transmuent incessamment : la vie est partout; la mort nulle part : la mort est un préjugé.

Nous devons vous dire en outre, madame, que la connaissance de ce charmant peuple ailé, au milieu duquel vous vivez; que l'étude de ses goûts, de ses mœurs, de ses amours, n'est qu'une partie de la science appelée *Entomologie*, nom composé de deux mots grecs qui signifient *Histoire des Insectes*.

Eh! pourquoi, direz-vous, ne s'être pas contenté de ces mots : *Histoire des Insectes?*

Par amour pour le grec, madame... Ne riez pas : ceux qui sont atteints de cette maladie en ont fait bien d'autres, vraiment! Croyez-vous donc, par exemple, qu'aux papillons dont nous parlions tout à l'heure, ils aient laissé ce joli nom, véritable onomatopée qui ressemble si bien au battement des ailes d'une piéride ou d'un sphynx? Non, en vérité; pour eux, il n'y a point de papillons, mais bien des *lépidoptères*, nom également composé de deux mots grecs qui signifient *ailes à écailles*. Il faut en prendre son parti, et, comme on se résigne à souffrir pour être belle, ainsi qu'on le dit communément, se résigner aussi à souffrir un peu pour apprendre.

Certes, madame, nous pourrions nous en tenir à vous parler des lépidoptères, passez-nous le mot; mais l'œuvre serait bien incomplète, ou plutôt ce ne serait qu'un fragment d'œuvre, puisque les papillons ne sont qu'un des douze ordres qui composent l'histoire des insectes, classe la plus nombreuse du règne animal, et qui ne compte pas moins de soixante mille espèces; et si ce fragment est le plus brillant, plusieurs des autres ordres ne lui cèdent en rien pour l'intérêt. On marche de surprise en surprise dans cette étude; c'est une suite de prodiges, et les plus petits individus ne sont pas les moins merveilleux.

C'est donc au milieu de ces innombrables armées que nous allons pénétrer; ce sont ces phalanges si variées que nous ferons défiler à vos pieds ou dans les airs; nous vous dirons les armures, les grandes batailles, les combats, les duels de tous ces peuples; leurs instincts, leurs mœurs, leurs amours; nous vous ferons assister à des pastorales enchanteresses, à des drames terribles, ayant pour théâtre un brin d'herbe ou la corolle d'une rose.

Par malheur, ici, ce n'est pas au bord de la coupe que se trouve le miel; il se cache, au contraire, sous une légère amertume; mais votre esprit si vif, cette perspicacité charmante qui, du point de départ, vous fait entrevoir le but, nous rassurent complétement, et, sans plus de précautions oratoires, nous entrons hardiment au cœur de la science.

Les naturalistes ont d'abord divisé tout ce qui compose notre globe en trois grandes parties : le *règne minéral*, le *règne végétal*, le *règne animal;* puis d'autres sont venus qui n'ont admis que deux règnes : le règne *inorganique* ou *anorganique*, et le règne *organique*. Le règne *inorganique* comprend toute la matière inerte, terre, eau, pierres, cristaux, métaux. Le règne *organique* comprend tout ce qui végète, tout ce qui vit, et il est divisé en deux grandes classes :

Les *végétaux*, qui sont insensibles, disent les maîtres de la science, et privés de la faculté de locomotion.

De grâce, madame, ne froncez pas ces beaux arcs noirs qui donnent tant de puissance à votre regard.

Les végétaux insensibles! allez-vous dire; mais ces gens-là n'ont donc jamais touché une feuille de sensitive? ils n'ont donc jamais observé ces fleurs qui attendent pour s'épanouir le lever du soleil, tandis que d'autres ferment leur calice lorsque ses rayons se font sentir, et le rouvrent aux caresses de la brise du soir? Les végétaux ne changent pas de lieu, en ce sens qu'ils sont attachés au sol par leur base; mais ils s'étendent dans toutes les directions : le lierre, la clématite, la capucine, et une foule d'autres plantes dites *grimpantes* s'élèvent quand elles trouvent un appui; si elles n'en trouvent point, elles rampent...... Et ces autres plantes qui lancent avec explosion leurs graines au loin, n'est-ce pas là une sorte de locomotion?

Tout cela est parfaitement juste, parfaitement vrai; mais toutes vérités ne sont pas également bonnes à dire aux gens dont on a besoin. Attendons, pour commencer la guerre, que nous soyons plus forts, et passons à la deuxième partie du règne organique.

Cette seconde partie comprend tous les animaux, tout ce qui marche, tout ce qui vole, tout ce qui nage, tout ce qui rampe. Évidemment les divisions et subdivisions étaient, là surtout, de la plus impérieuse nécessité pour arriver à la connaissance des individus. Cette fois, madame, votre haute et limpide raison n'aura pas à souffrir; ainsi la grande, l'immense classe des animaux est d'abord partagée en vertébrés et invertébrés.

Les vertébrés sont ceux qui sont pourvus d'une charpente osseuse, ou tout au moins de la colonne vertébrale, organe le plus important pour eux et dont la rupture cause instantanément la mort.

On appelle *invertébrés* ceux qui, dépourvus d'os, sont seulement recouverts d'une peau ou enveloppe plus ou moins dure qui lie tous leurs membres, réunit toutes les parties.

Les invertébrés se divisent en trois sections principales : les *mollusques*, les *helminthes* ou vers, les *entomes*.

Les entomes à leur tour comprennent quatre classes bien distinctes : les *annélides*, les *crustacés*, les *arachnides*, les *insectes*, ces derniers ainsi nommés de deux mots latins *in sectum* qui signifient *coupé en*.

Et maintenant, belle dame, que, comme César, nous avons franchi le Rubicon, nous nous sentons plus fort, plus allègre, et nous n'éprouvons pas la moindre difficulté à ajouter que la classe des insectes se compose de douze ordres : les *coléoptères*, les *orthoptères*, les *névroptères*, les *hyménoptères*, les *lépidoptères*, les *hémyptères*, les *rhipiptères*, les *diptères*, les *suceurs*, les *parasites*, les *thysanoures*, les *myriapodes*.

Ce premier pas, charmante recluse, pourra vous sembler quelque peu rude; mais aussi comme le chemin va s'aplanir désormais sous vos mignons pieds; comme votre imagination si vive, si colorée, va se récréer, se bercer de doux rêves au milieu de ce monde si peu connu, si merveilleux, maintenant que vous tenez le fil d'Ariane pour pénétrer dans ce labyrinthe!

Mais c'est assez pour un jour de ce commencement de science, tout bardé de grec et de latin. Pourtant, qu'il nous soit permis, avant de clore cette première lettre, de vous dire les caractères distinctifs des insectes, ces petits êtres que tant d'autres dédaignent, et sur lesquels, à l'exemple du Créateur, vous jetez aujourd'hui un regard d'amour.

D'abord les insectes n'ont pas de circulation proprement dite; ils respirent par des ouvertures latérales nommées stigmates, qui portent l'air aux trachées. Tous sont ovipares. Le corps est divisé en trois parties distinctes : la tête portant une paire d'antennes, deux yeux composés, immobiles, et quelquefois, en outre, deux ou trois yeux lisses; une bouche composée de deux lèvres : une supérieure, une inférieure, munie d'appendices articulés; deux mandibules et deux mâchoires horizontales, celles-ci munies d'appendices pareils à ceux de la lèvre inférieure; le tronc, divisé en trois parties, qui portent chacune une paire de pattes articulées, et en dessus deux ou quatre ailes; l'abdomen composé d'un nombre de segments ne dépassant jamais dix. Enfin, chose à la fois la plus caractéristique, la plus merveilleuse, les insectes subissent des métamorphoses qui sont peut-être le plus impénétrable mystère de la création.

Souffrez, belle solitaire, que nous nous arrêtions ici. Sans doute, nous sommes loin encore de vos papillons bien-aimés, mais déjà du sentier ont disparu les ronces les plus cruelles, et vos beaux yeux peuvent entrevoir des merveilles à l'horizon. Courage, jolie recluse; courage, confiance et persévérance; car vous marchez ainsi à des conquêtes qui ne feront point couler de larmes, et qui laisseront votre cœur en paix.

DEUXIÈME LETTRE

Reconnaître ses torts est parfois chose délicieuse : il y a des pardons si doux!

Nous avouons donc humblement, Madame, que nous sommes coupable de vous avoir si prochainement promis de vous mener par des sentiers fleuris, alors que nous devions vous induire en *anatomie*. Hélas! oui, c'est le scalpel à la main qu'il nous faudra marcher tout à l'heure, afin de surprendre, par la dissection, les secrets de la nature.

Anatomie, dissection, voilà de bien vilains mots; mais vous nous les pardonnerez, et les choses qu'ils désignent, nous l'espérons, auront pour vous du charme lorsque vous aurez vu à quelles merveilleuses découvertes elles conduisent.

Toutefois, avant de mutiler quelques-uns de ces pauvres petits martyrs pour satisfaire cette soif de connaître que Dieu nous a mise au cœur, à vous comme à nous, madame, il convient de vous dire quelque chose de leur naissance, et des métamorphoses qu'ils subissent avant d'arriver à la qualité d'insectes parfaits.

Lorsque la femelle d'un insecte quelconque est sur le point de pondre, elle choisit un endroit convenable, qui diffère selon les espèces, et elle y dépose ses œufs. C'est là une grande affaire, une opération de la plus haute importance, à raison des conséquences qu'elle doit avoir, puisque d'une seule ponte peuvent sortir des armées de plusieurs milliers d'individus.

Ne vous récriez pas, madame, et à propos de cette prodigieuse fécondité, n'allez pas douter de la véracité de votre humble correspondant, car au lieu de *plusieurs milliers*, nous aurions pu écrire plusieurs millions, puisque, en effet, c'est par millions que les femelles de certains insectes, les *termes*, par exemple, pondent des œufs; les *papillons* ne dépassent guère quinze ou seize cents; mais il y a des espèces de mouches qui produisent jusqu'à vingt mille œufs d'une seule portée, et l'abeille n'en produit pas moins de quarante mille en un an.

N'avions-nous pas raison, charmante recluse, de vous promettre des prodiges? Que sont, proportion gardée, que sont les travaux d'Hercule en comparaison de ces laborieux enfantements? Il est vrai que, par une sorte de compensation, quelques espèces ne pondent que cinq ou six œufs, et il en est même, comme les *pupipares*, qui n'en pondent qu'un seul.

Et ne croyez pas, madame, que l'amour maternel soit émoussé par cette innombrable production; non : c'est toujours avec la plus tendre sollicitude, la plus admirable sagacité, que la femelle choisit le lieu où doit naître la famille qu'elle porte dans son sein. Beaucoup d'œufs, il est vrai, sont déposés à l'air libre, n'ayant, pour se défendre des injures du temps et braver toutes sortes de dangers, que la dureté de leur coquille; mais c'est toujours dans un lieu où, en naissant, les jeunes larves trouveront la nourriture qui leur convient dans cette première phase de leur vie.

Ces œufs ne forment parfois qu'un seul dépôt; quelquefois aussi ils en forment plusieurs, à des distances plus ou moins grandes les unes des autres; cette précaution a été prise par la femelle pour assurer la nourriture à sa postérité. Dans les espèces herbivores, si trop de mangeurs se trouvaient sur un même point, ils seraient bientôt affamés; dans les carnassiers, ils se feraient une guerre continuelle et terrible! La femelle l'a compris, et elle n'a déposé en chaque lieu que ce qui peut y vivre. Le papillon confie ses œufs à la feuille qu'il aimait alors qu'il n'était que chenille; les grillons et les hannetons vont cacher les leurs au sein de la terre, et c'est à la surface des eaux paisibles que le cousin confie l'espoir de sa future progéniture qui ne peut naître que là.

Le papillon a-t-il donc gardé le souvenir de sa première forme, de ses premiers goûts? Le cousin se souvient-il qu'il est né sur l'eau? Et le hanneton, si étourdi, quelle puissance ou quel sentiment lui fait abandonner les airs pour regagner la retraite souterraine d'où il est sorti? Ce n'est que de l'instinct, dira-t-on; instinct ou sentiment, qu'importe le nom? Tout cela n'est-il pas prodigieux?

Voici quelque chose de plus merveilleux encore. Lorsque la femelle du sphex est près de pondre, elle cherche un petit trou où sa progéniture puisse être en sûreté; dès qu'elle l'a trouvé, elle va à la chasse des araignées, tue la première qu'elle peut atteindre, l'entraîne dans la retraite choisie, et dépose un œuf dans ce cadavre qu'elle destine à servir de pâture au petit qui y naîtra. Cela fait, elle sort de cette cachette, et elle en bouche l'entrée avec de l'argile qu'elle prépare, de manière à ne laisser que l'ouverture strictement nécessaire pour que, après sa première enfance, le fruit de ses amours puisse en sortir.

Enfin, il est une espèce de punaise, dont la femelle fait la garde autour des œufs qu'elle a pondus, et qui veille même sur ses petits nouvellement éclos, prête à les défendre contre toute attaque.

Devant de tels faits, le dégoût qu'inspire quelques insectes disparaît; on admire, et de la créature la pensée s'élève vers le Créateur. Je ne demande pas, madame, si c'est là votre sentiment : je n'en sais rien, mais j'en suis sûr.

Passons aux métamorphoses.

Lorsque l'insecte sort de l'œuf, il ne ressemble en rien à sa mère; les œufs des plus belles, des plus brillantes espèces de cette classe si intéressante, ne s'ouvrent que pour livrer passage à des *larves* hideuses, c'est-à-dire à des chenilles, à des vers, comme les larves du papillon (*a*), du dystique (*b*),

d'où sortiront le paon du jour (*c*), le coléoptère plongeur (*d*)

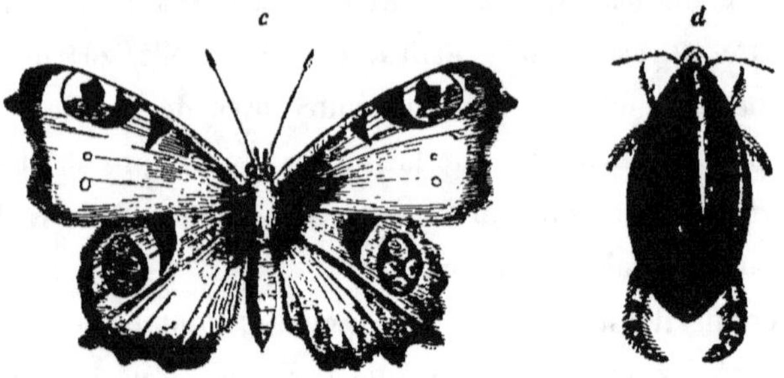

appelé dystique.

Mais l'existence de l'insecte à l'état de larve n'est qu'un temps d'épreuve; n'ayez, charmante solitaire, aucune inquiétude sur le sort de ces pauvres petits êtres, en apparence si disgraciés de la nature. La plupart, à la vérité, sont bien chétifs, bien faibles au moment de leur naissance, puisque quelques-uns pèsent soixante-dix mille fois moins en naissant que lorsqu'ils ont pris tout leur accroissement ; il ne faut qu'un souffle, le choc d'un brin d'herbe pour les broyer ; beaucoup périraient s'ils restaient quelque temps dans cet état. Heureusement tout est prévu dans les harmonies de la nature : en même temps que la larve sort de son œuf, les feuilles qui doivent la nourrir sortent du bourgeon ; les larves dévorent avec avidité cet aliment proportionné à leurs forces : chacune consomme, en vingt-quatre heures, le triple de son poids ; et, dès le lendemain de leur naissance, elles ont grandi de plus de moitié.

Il est bien entendu que ce sont là des généralités, et c'est à cela que nous devons nous en tenir ; il faudrait des volumes pour mentionner les exceptions : ainsi, tandis que quelques jours suffisent à la plupart pour arriver au terme de leur croissance, il en est, comme celles des hannetons, dont la croissance ne s'accomplit qu'en plusieurs années.

Les larves peuvent se diviser, comme les insectes parfaits, en trois parties principales : la tête, le tronc, l'abdomen ; cependant, dans un grand nombre d'espèces, ces deux dernières parties sont confondues.

Dans quelques genres, les yeux sont semblables à ceux de l'insecte parfait ; plusieurs autres en sont dépourvus ; chez le plus grand nombre, ils sont placés sur les côtés de la tête, en quantité variable et disposés en cercle quand ils sont nombreux; les antennes existent dans presque tous les ordres; la bouche se rapproche beaucoup de celle de l'insecte parfait.

Au-dessous de la bouché, à la lèvre inférieure, chez un grand nombre de larves, on remarque une petite ouverture nommée *filière;* c'est de cette ouverture que sort le fil de la chenille. Ce fil, produit d'une gomme fluide que, par expression, l'animal tire des feuillages dont il se nourrit, va se déposer dans deux réservoirs uniformes qui, partant de la dernière partie des jambes postérieures, passent en s'amoindrissant sur l'estomac et viennent aboutir à la filière. Tant que la chenille est vivante, cette liqueur gommeuse prend, en sortant de son corps, une forte consistance; elle se sèche, elle se lie, et devient un véritable fil dont la longueur augmente ou diminue selon la volonté de cette singulière fileuse. Ainsi, par exemple, s'il plaît à une chenille de descendre de l'arbre sur les branches duquel elle est née, elle attache son fil à la branche, et se lance en filant dans l'espace; veut-elle remonter, elle fait rentrer son fil dans son corps où il se liquéfie de nouveau, et elle arrive ainsi au point de départ par cette route aérienne qu'elle improvise et qu'elle supprime avec la même facilité.

Et l'on s'étonne des ascensions périlleuses qu'exécutent certains acrobates; on les paie cher, on les applaudit avec enthousiasme : pour l'intrépide et ingénieuse fileuse qui se balance dans les airs sans aide, sans secours étranger, on n'a que du dédain : telle est la justice des hommes.

Les autres organes des larves sont les stigmates, organes respiratoires placés obliquement, au nombre de neuf, de chaque côté du corps; les pattes, qui représentent celles des futurs insectes parfaits, les fausses pattes, qui ont la faculté de s'élargir et de se contracter, et divers appendices dont quelques-uns servent à l'animal de moyen de défense; telle est par exemple une corne bifurquée, rétractile, que portent toutes les chenilles de l'ordre des lépidoptères. Cette corne, dans le repos, est ordinairement cachée; mais quand la chenille est tourmentée, elle la fait sortir, soit tout entière, soit seulement une de ses branches. Cet appendice ne donne issue à aucune liqueur. Il n'en est pas de même d'une corne de même apparence que porte la chenille d'un papillon nocturne appelé vulgairement *chenille à queue fourchue* du saule; les extrémités de la corne sont percées comme une pomme d'arrosoir, et quand l'animal est tourmenté, il peut lancer une liqueur caustique dont l'effet est de peu de durée. Enfin quelques larves de l'ordre des coléoptères possèdent aussi des appendices membraneux qui, lorsqu'on les touche, laissent sécréter une humeur plus ou moins fétide. C'est encore là un moyen de défense.

Charmante recluse, regardez donc les chenilles; elles en valent bien la peine; suivez-les de l'œil; admirez ce que Dieu a fait pour elles; mais tenez-vous en là, car le contact serait fatal à votre peau de satin : ici il ne faut pas que les extrêmes se touchent.

Et maintenant, un pas en arrière : nous vous avons dit, madame, que certaines larves pèsent, en naissant soixante-dix mille fois moins qu'après avoir pris tout leur accroissement.

Cela est exact, et nous ajouterons, pour achever de vous édifier sur ce point, que certaines larves, celle de la mouche vivipare, par exemple, que l'on appelle vulgairement mouche à viande, pèsent cent cinquante-cinq fois plus vingt-quatre heures après leur naissance qu'au moment où elles sont sorties du sein de leur mère. Quelle prodigieuse croissance! C'est-à-dire que si un enfant, né dans les conditions ordinaires, croissait dans cette proportion, il pèserait, le second jour de sa naissance, plus de dix-huit cents livres!

N'est-ce pas, madame, qu'au simple énoncé de ces vérités, la pensée s'effraie d'abord et grandit ensuite? Quel vaste champ, et comme cela fait rêver.

Cet accroissement si subit a nécessairement de graves conséquences; au bout de quelques jours la peau de l'animal se flétrit, se tend, se dessèche; la larve ne mange plus ou presque plus; elle souffre dans cette étroite prison, et elle succomberait si bientôt cette enveloppe ne cédait aux efforts qu'elle fait pour en sortir; cette peau primitive se fend d'abord sur le crâne, puis elle s'ouvre successivement dans toute la longueur du corps. La larve alors en sort revêtue d'une peau nouvelle, parée de nouvelles et fraîches couleurs. C'est une renaissance complète, une vie nouvelle qui commence.

En même temps que la beauté et la fraîcheur, la santé revient, l'appétit renaît, les forces augmentent, et cela dure jusqu'à ce que la peau nouvelle, à son tour, devienne insuffisante; alors le phénomène que nous venons de décrire se reproduit, et cela se renouvelle quatre ou cinq fois en quelques semaines.

Et pour voir tous ces miracles, madame, il suffit de nourrir pendant un mois, et moins, quelques pauvres chenilles, créatures infimes, qui semblent au premier aspect déshéritées de toutes les joies de la vie, et que le Créateur a comblées des dons les plus précieux, les plus merveilleux, nous dirions les plus incroyables, si ces prodiges ne s'accomplissaient pas chaque jour sous nos yeux.

Mais ce n'est pas tout, nous ne sommes pas à bout d'enchantements; après être ainsi rajeunie quatre ou cinq fois, la chenille ou larve songe à préparer son linceul, elle le file, elle le tisse, elle s'en fait une enveloppe solide, une espèce d'œuf, appelé cocon (*fig.* 1), dans laquelle elle s'emprisonne complétement. Là, elle ne mange plus, ne se meut plus, ne respire plus, elle est morte. Mais, non, nous l'avons dit, on ne meurt pas, on change de forme, voilà tout.

Enfermé dans ce tombeau, l'insecte passe à l'état de *nymphe* ou *chrysalide*. Si l'on ouvre le cocon à cette époque de la transformation, on trouve à l'intérieur une sorte de momie de l'aspect le plus singulier (*fig.* 2).

Fig. 1.

Fig. 2.

Le temps que l'insecte doit demeurer en cet état est plus ou moins long, selon les espèces et selon la température; ce temps peut être aussi allongé ou diminué par des causes jusqu'à présent demeurées inconnues; ainsi, parmi des larves toutes écloses d'une même ponte, et qui sont arrivées en même temps à l'état de nymphe, une partie sort de cet état au bout de quelques jours, tandis que les autres n'en sortent que l'année suivante à la même époque. Dans ce dernier cas, l'insecte est donc demeuré pendant plus d'une année sans mouvement, sans prendre de nourriture, sans aucune apparence de vie.

Mais si la durée du temps qu'il doit passer en cet état est incertaine, il n'en est pas de même de l'heure où il doit renaître : pour quelques espèces, cette renaissance n'a jamais lieu qu'au lever du soleil; d'autres espèces ne reviennent à la vie qu'à midi précis, et d'autres encore à sept heures du soir.

N'est-il pas vrai, madame, que pour qui a observé toutes ces choses, il ne peut plus y avoir d'étonnements? Celui-là ne peut plus qu'admirer et adorer.

L'heure étant venue où la nymphe doit sortir de son tombeau, sa peau se fend sur le dos, et l'insecte se dégage aussitôt; la plupart de ceux qui sont pourvus d'ailes prennent leur vol à l'instant même; d'autres restent dans le lieu où s'est accomplie la métamorphose, jusqu'à ce qu'ils aient acquis les forces nécessaires pour courir le monde : c'est une nouvelle enfance.

Tous les insectes ne subissent pourtant pas une métamorphose aussi complète; il en est qui naissent sous la forme qu'ils doivent toujours conserver; ceux-là changent de peau plusieurs fois, mais leur organisation demeure la même. Chez d'autres, la larve, en naissant, est semblable à l'insecte parfait, moins les ailes, qu'elle doit acquérir plus tard; ce n'est donc qu'une métamorphose partielle. Mais la métamorphose est complète chez tous ceux qui, devant être pourvus d'ailes, naissent sous la forme d'un ver, comme la mouche domestique, ou d'une chenille, comme les papillons.

Et maintenant, charmante recluse, ne parlez plus de solitude; vous le voyez, il y a des mondes dans votre délicieuse retraite : sur vos vertes pelouses, dans les arbres de votre jardin, partout vous êtes environnée d'une foule de créatures merveilleuses. Tout cela est sorti de la main de Dieu; tout cela vit, sent, aime; car sentir et aimer sont les deux grandes lois du monde, les premières conditions de la vie. En vain, par la retraite, cherche-t-on à s'y soustraire : il y a de l'amour dans l'air.

TROISIÈME LETTRE

C'est ici, madame, qu'il faut vous armer de tout votre courage; l'instant est venu de recourir au scalpel.

L'insecte est arrivé à l'état de perfection, après avoir passé par toutes les phases que nous vous avons dites; nous le voyons, nous l'admirons, mais nous n'avons de sa structure, de son organisation, qu'une connaissance très-imparfaite, et qu'il est indispensable de compléter afin d'arriver à celle des ordres, des familles, des genres, des espèces. S'il est quelque chose de moins plaisant qu'un savant, c'est à coup sûr le demi-savant. Faire de vous, belle solitaire, une demi-savante, serait un crime que nous ne nous pardonnerions jamais.

Faites donc, nous vous en conjurons, appel à toute votre fermeté, et de vos doigts mignons saisissez cette cigale qui chante à vos pieds..... Il faut qu'elle meure : c'est par l'examen des morts qu'on étudie la vie, et puis recevoir la mort d'une main si jolie! nous savons des gens qui seraient jaloux de l'insecte.

La cigale morte, nous la coupons en cinq parties, de cette manière :

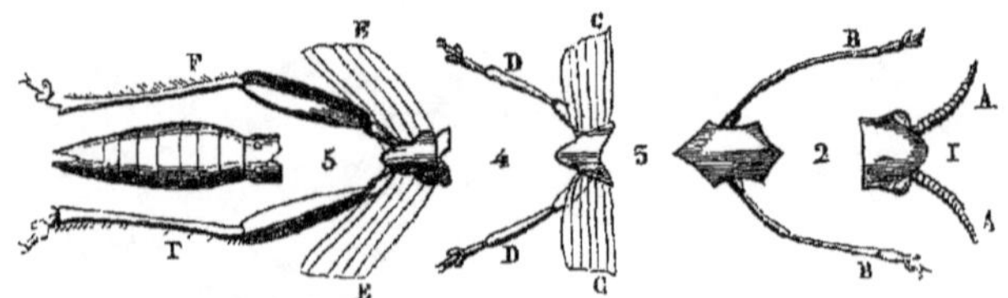

1, la tête; 2, première partie du tronc; 3, deuxième partie du tronc; 4, troisième partie du tronc; 5, abdomen; *aa*, antennes; *bb*, première paire de pattes; *cc*, élitres; *dd*, deuxième paire de pattes; *ee*, ailes; *ff*, troisième paire de pattes.

Voilà l'insecte parfait.

Outre ces organes extérieurs, la plupart des insectes ont

encore des *palpes* ou *antennules*, petites parties qui ressemblent aux antennes, sont situées près de la bouche au nombre de quatre ou six, et servent à palper la nourriture.

La tête des insectes est-elle réellement privée de cervelle, comme l'affirment quelques auteurs? C'est ce que nous ne nous permettrons pas de décider; nous dirons seulement que le cerveau étant le siége de toutes les sensations, il n'est guère probable que des animaux, dont quelques-uns des sens sont fort développés, soient dépourvus de cet organe.

Les yeux sont certainement la partie la plus merveilleuse de la tête de l'insecte. Ces yeux ne sont pas simples comme les nôtres, mais formés d'une quantité presque fabuleuse de petits yeux groupés avec une symétrie que le microscope seul permet d'admirer. Peut-être hésiterez-vous à croire, madame, que la mouche qui vole dans votre appartement n'a pas moins de seize mille yeux, et pourtant cela est exact; ils ont été comptés avec le plus grand soin. Mais les papillons sont encore bien plus favorisés sous ce rapport, puisque quelques-uns en ont plus de trente-quatre mille.

Ces yeux sont recouverts d'une enveloppe coriace appelée cornée, matière assez dure pour résister aux corps qui pourraient les heurter, ce qui explique l'absence de paupières.

Certains naturalistes prétendent que, malgré cette quantité d'organes de la vue, les corps environnants ne s'offrent pas plus multipliés aux regards des insectes, que nous ne les voyons doubles avec nos deux yeux. Cela est possible, nous dirons même vraisemblable; et cependant cela est contraire au résultat d'une expérience faite par un des maîtres de la science. Ce patient investigateur étant parvenu à détacher les cornées d'un papillon, reconnut, après avoir lavé les surfaces intérieures avec de l'eau, qu'elles étaient transparentes. Il plaça une de ces cornées sous la lentille d'un microscope, pointée sur un soldat qui se trouvait là, et il put voir aussitôt une armée de pygmées; il n'y avait qu'un soldat, et il en voyait plus de dix-sept mille, chaque œil reproduisait le même objet.

Mais il faudrait écrire cent volumes pour mentionner seulement les principales expériences et particularités de ce genre; vous ne nous liriez pas, madame, et vous auriez raison, car l'extrême diffusion ne mène qu'à la confusion. Et puis, il faut bien le dire, nous craignons l'ennui, cet ennemi impitoyable des longs conteurs et des dissertations trop prolongées. Nous nous bornerons donc à dire que, indépendamment de cette multitude d'yeux composés, un grand nombre d'insectes en ont encore trois autres, parfaitement lisses, et placés ordinairement sur le sommet de la tête.

Quelle est la cause de cette profusion? Son auteur seul le sait; et cela suffit pour que nous croyions cette profusion nécessaire.

Les autres parties de la tête sont : le *front*, partie la plus élevée, les *joues*, le *chaperon*, pièce qui se trouve entre le front et la lèvre supérieure, et enfin la *bouche*, composée de six pièces bien distinctes, presque toujours : une *lèvre supérieure*, deux *mandibules*, deux *mâchoires* et une lèvre inférieure.

Mais la disposition de ces pièces est très-variable; elles peuvent former une *trompe*, un *bec* ou un *suçoir*.

La seconde partie du tronc de l'insecte, qu'on appelle aussi *thorax*, *poitrine*, *corselet*, est presque toujours formée de trois portions (voir plus haut). Au-dessous de ces trois pièces du tronc, se trouve une partie plate, à la formation de laquelle chacune d'elles participe plus ou moins; mais particulièrement la pièce du milieu, appelée *sternum*. En dessus, il en est de même d'une autre pièce, très-large dans quelques espèces, et qu'on appelle l'*écusson*.

Vient ensuite l'*abdomen*, qui est la dernière partie du corps de l'insecte. Dans un grand nombre d'espèces,[1] cette partie du corps de l'animal est terminée par des appendices; chez les unes, c'est une *queue* qui leur donne la faculté de sauter; chez les autres, ce sont des *pinces*, des *tarières*, et chez d'autres encore, comme l'abeille, la guêpe, c'est un *aiguillon* caché, arme redoutable que l'animal peut faire sortir du fourreau avec la rapidité de la pensée, et qui peut faire des blessures mortelles, quand elles sont multipliées.

Voilà pour l'anatomie extérieure; passons, s'il vous plaît, à l'examen des organes intérieurs.

A partir de la bouche commence un tube digestif, tantôt droit, tantôt flexueux ou enroulé sur lui-même, et qui présente cette particularité qu'en général sa longueur est en rapport avec la nature de l'aliment dont se nourrit l'insecte. Si ce dernier est carnassier, le tube digestif ayant moins à faire, puisqu'il agit sur une substance déjà animalisée, est court; chez l'insecte herbivore, au contraire, il est long relativement, et de nombreux vaisseaux viennent y verser la bile et la salive sans lesquels l'acte de la digestion ne pourrait s'accomplir.

Examinons maintenant l'appareil respiratoire, il en vaut la peine.

Peut-être, madame, voyant que les insectes mangent et digèrent comme les autres animaux, avez-vous pensé qu'ils respiraient aussi de la même manière; il n'en est rien : de chaque côté, sur les parties latérales du tronc et de l'abdomen, se trouve une série de petites ouvertures destinées à l'entrée de l'air, et qu'on appelle *stigmates*, ainsi que nous l'avons dit plus haut. Des stigmates partent des canaux qui se portent à l'intérieur du corps pour y distribuer le fluide, et qui forment des branches et des rameaux qui vont se répandre et se perdre sur les membranes, dans les muscles, et jusque dans les ailes et les pattes; ces canaux se nomment *trachées*.

Mais quoi! ce n'était pas assez pour les naturalistes d'avoir refusé à ces pauvres petits êtres un cerveau, des poumons; c'est le cœur maintenant qu'ils leur contestent : ils n'ont ni cerveau, ni poumons, ni cœur, et pourtant ils respirent, ils sentent, ils aiment! Quel renversement des idées reçues!... N'est-il pas vrai, madame, que c'est dans les infiniment petits que se révèlent les plus grandes merveilles de la création?

Mais au moins si l'on refuse cœur, cerveau, poumons, à ces frêles peuplades qui, nous n'en saurions douter, vous intéressent chaque jour davantage, on ne peut leur contester des sens. L'organe du tact est répandu partout dans la première phase de la vie; plus tard, lorsque l'insecte parfait se revêt d'une peau coriace et cornée, il se réfugie à l'extrémité des antennes et antennules.

Le goût est certainement développé, puisque les mouches, les papillons, les abeilles, attirées par certaines substances, les abandonnent aussitôt après y avoir goûté, si elles ne leur plaisent point, et s'en repaissent si elles sont à leur convenance.

L'odorat est exquis, on n'en saurait douter en voyant des myriades d'insectes attirés par l'odeur de certaines fleurs situées à des distances considérables du point de départ; mais quels sont les organes appropriés à ce sens? On présume qu'ils sont dans les stigmates dont nous venons de parler; les choses alors se passeraient d'une manière analogue à ce qui arrive chez les animaux supérieurs, où les émanations odorantes sont portées avec l'air dans les narines, et perçues sur la membrane pituitaire qui les tapisse.

Quant au sens de l'ouïe qui est également fort développé, on suppose que son organe a pour siége la base des antennes.

— On suppose, on présume, direz-vous, madame; la connaissance de l'organisation des insectes n'est donc pas complète, irréfragable?

— Hélas! non, elle ne l'est pas, et des siècles s'écouleront probablement encore avant qu'elle le soit.

— Des siècles!...

— Cela est effrayant pour nous qui vivons aujourd'hui et qui peut-être ne vivrons pas demain; mais ce n'est pas la chose qui effraye, c'est le mot : pour qui ne sent plus, ne mesure plus le temps, mille siècles sont moins qu'une seconde..... Pardon, madame, c'est d'histoire naturelle que nous devons vous entretenir, et voilà qu'à propos d'une mouche nous faisons de l'abstrait. Arrière les chagrinantes digressions, et restons dans ce monde le plus longtemps possible, vous pour l'embellir, nous pour admirer. Et puis il n'y a de conjectural dans cette organisation que quelques particularités, et il nous reste à vous dire tant de choses certaines et prodigieuses que vous vous consolerez aisément, nous l'espérons, des rares lacunes que nous n'aurons pu combler.

LETTRE QUATRIÈME

Jusqu'ici, madame, nous ne vous avons rien dit des mœurs, des amours des insectes. C'est que, sur ces points qui constituent la vie entière, les nombreuses peuplades, dont nous esquissons l'histoire, diffèrent essentiellement, selon les ordres, les familles, les espèces, et qu'il est impossible de généraliser.

Toutefois, nous n'avons rien oublié : nous vous avons promis des pastorales touchantes, des drames terribles, des duels, des batailles rangées; et tout cela, en effet, trouvera sa place dans nos lettres, à mesure que nous examinerons chaque ordre, chaque famille, chaque genre, ou au moins les principaux genres de chaque famille, afin d'éviter une nomenclature fastidieuse qui n'aurait d'autre résultat que de fatiguer la mémoire sans profit pour la science.

Avant d'en arriver là, nous avons dû vous entretenir des connaissances générales indispensables, qui peuvent se résumer ainsi : les insectes forment une classe d'animaux invertébrés, limitée aux espèces qui offrent les caractères suivants : corps formé de segments, ayant, en outre, une tête distincte pourvue d'antennes, d'yeux composés, et quelquefois d'yeux simples; un canal digestif; des appareils sécrétoires, des trachées pour la respiration; six pattes; souvent des ailes; des sexes séparés, et subissant des mues ou des métamorphoses plus ou moins complètes.

Nous passons maintenant à la description des individus, en commençant par les

COLÉOPTÈRES

qui forment le plus nombreux des douze ordres dont se compose la classe des insectes.

Les individus de cet ordre sont surtout reconnaissables aux ailes-étuis ou élitres qui les couvrent. Voici les autres caractères distinctifs auxquels on peut les reconnaître; ils ont des antennes composées ordinairement de onze articles, deux yeux à nombreuses facettes et point d'yeux lisses; la partie antérieure du tronc est beaucoup plus étendue que les deux autres, toutes choses, madame, que, à défaut de sujets vivants, vous pourrez reconnaître dans le scarabée hercule (*fig.* 1) et le capricorne (*fig.* 2), que nous avons dessinés à votre intention.

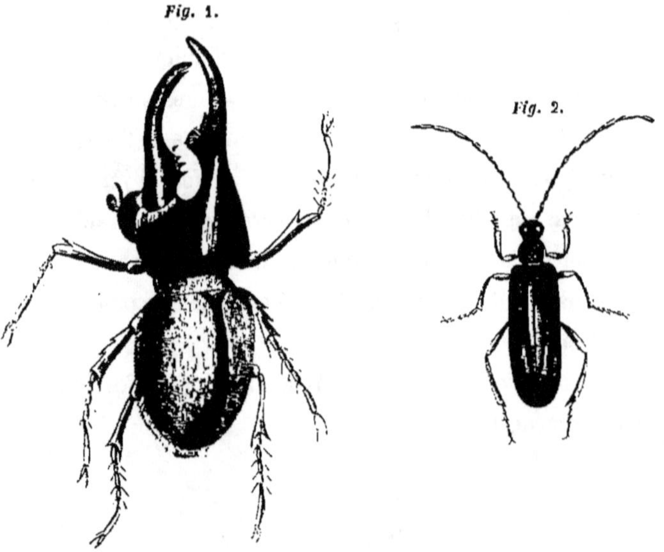

Fig. 1.

Fig. 2.

Les coléoptères se divisent en quatre sections, savoir : les *pentamères* ou ceux qui ont cinq articles à chaque *tarse* ou pied; les *hétéromères*, dont les quatre tarses antérieurs offrent cinq articles, et les deux autres tarses, quatre articles seulement; les *tétramères*, ayant quatre articles à tous les tarses; les *trimères*, qui n'ont que trois articles à chaque tarse.

Les PENTAMÈRES se composent de cinq familles : les *carnas-*

siers, qui ont deux palpes à chaque mâchoire, ou six en tout; les *brachélytres*, n'ayant qu'une palpe à chaque mâchoire, ou quatre en tout; les *serricornes*, pourvus de quatre palpes, et portant, chez les mâles, des antennes dentées en forme de scie; les *clavicornes*, ayant quatre palpes et des antennes en forme de massue; les *palpicornes*, dont les antennes ne sont jamais plus longues que les palpes.

Les HÉTÉROMÈRES se divisent également en cinq familles qui sont : les *lamellicornes*, pourvus d'antennes de neuf à dix articles; les *mélasomes*, dont les antennes se terminent en forme de chapelet; les *taxicornes*, qui ont des antennes en forme de massues perfoliées; les *sténélytres*, dont la tête est ovoide, et qui n'ont point de cou; les *trachélides*, dont la tête est séparée du corselet par un cou.

Six familles composent la section des TÉTRAMÈRES, ce sont : les *porte-becs*, dont la tête se prolonge en forme de trompe; les *xylophages*, dont la tête est sans museau ni trompe; les *platysomes*, qui ont des antennes de la même grosseur dans toute leur étendue; les *longicornes*, dont les yeux embrassent la base des antennes; les *eupodes*, dont le corselet cylindrique est plus étroit que celui des autres familles; les *cyclides*, qui ont le corps arrondi.

Les TRIMÈRES n'ont qu'une famille, celle des *aphidiphages*, dont les antennes, plus courtes que le corselet, se terminent par une massue comprimée en triangle renversé.

Toutes ces familles sont divisées en genres nombreux, subdivisés eux-mêmes en une multitude d'espèces..... Ne vous effrayez pas, madame : la monotone nomenclature de ces genres et espèces, ainsi que nous l'avons dit, ne trouvera point place dans les lettres que vous avez bien voulu nous permettre de vous écrire; nous sommes trop heureux d'occuper votre esprit, à défaut de votre cœur, pour tenter de vous faire subir une si fastidieuse épreuve. Ces subdivisions en genres, espèces, sont d'ailleurs tout à fait arbitraires : chaque maître de la science les a faites à son gré, et rien n'empêchera que vous en usiez ainsi, dès que vous saurez parfaitement à quoi reconnaître les ordres, les sections, les familles, et que nous vous aurons dit l'histoire des individus les plus remarquables des principaux genres de chaque famille. Tels sont, pour la famille des CARNASSIERS, ceux des genres *carabe* et *cicendèle*, appelés *carabe sycophante*, et *cicendèle champêtre*.

Le carabe sycophante a près de trois centimètres de long; son corselet est d'un beau bleu violet, ses élitres ont des reflets d'or du plus bel effet; ses pattes, d'un noir brillant, sont fort agiles; son allure est des plus fashionables, quand il ne redoute rien.

Qui croirait, madame, qu'un personnage qui réunit tant d'agréments, n'ait que de méchants instincts? Telle est pourtant la vérité; la férocité du carabe est sans exemple : il est lâche, vorace, hypocrite; c'est un cannibale qui se repaît avec délices de la chair de ses semblables. Mais n'allez pas croire que, pour s'emparer de la proie qu'il convoite, il l'attaque à armes égales. Non, c'est aux individus de son espèce les plus petits, et par conséquent les plus faibles, qu'il fait la guerre.

Par exemple, que deux carabes de même taille se rencontrent, ils s'arrêtent en même temps à une distance respectueuse, s'examinent, se retournent, et aussitôt deux explosions, nous dirions presque deux coups de feu, se font entendre : les carabes ont tiré l'un sur l'autre; une légère fumée s'élève entre eux, mais il n'y a ni mort ni blessé; la distance était trop grande, et, ce qui prouve qu'ils ne se sont fait aucun mal, c'est que, le coup tiré, chacun d'eux se sauve à toutes jambes. Sauf quelques détails, c'est un véritable duel, un duel de poltrons qui cherchent mutuellement à se faire peur.

Les explosions dont nous venons de parler ont pour cause le jet violent d'une liqueur corrosive et fulminante que l'animal lance avec une violence extraordinaire, et il est certain que si les champions tiraient à bout portant, la rencontre aurait des suites graves; cela n'arrive jamais.

Si le carabe sycophante, qui est le géant du genre, rencontre quelque nain, un carabe spinibarbe, par exemple, qui est trois ou quatre fois moins grand que lui, les choses se passent autrement : le nain menacé fait feu, non dans l'espoir de foudroyer son ennemi, mais pour appeler à son aide les nains de son espèce qui peuvent être un peu éloignés; s'il s'en trouve, ils accourent, se rangent en bataille et mitraillent le colosse qui s'empresse de prendre la fuite. Si le nain n'est pas secouru, sa mort est certaine : l'ogre le saisit dans ses serres aiguës et le dévore à l'instant.

Tous les carabes sont également voraces; à défaut d'insectes de leur genre, ils se nourrissent de chenilles, de larves de toute espèce, et, faute de mieux, ils se rabattent sur les fruits. Les petites espèces sont seules pourvues d'ailes, les autres n'ont que des élitres; ils se plaisent dans la mousse, sous des pierres. Tous sont sujets à la métamorphose et passent successivement de l'état de larve à celui de chrysalide ou nymphe, pour devenir insectes parfaits.

Bientôt arrive la saison des amours... On peut donc être lâche, cruel et aimer. Hélas! à défaut de l'histoire des insectes, celle des hommes suffirait à le prouver.

La cicendèle n'est pas moins vorace que le carabe, bien qu'elle soit moitié plus petite que lui. C'est un bel insecte dont le corps brille des couleurs les plus vives; quelques espèces, comme la cicendèle sylvatique, par exemple, semblent vêtues d'un manteau de velours brodé d'or. Ce n'est pas le seul présent que leur ait fait la nature, et l'odorat n'est pas moins flatté que la vue par ce petit animal qui, lorsqu'on parvient à le prendre, exhale le suave parfum de la rose. Ne vous y fiez pas, Madame; un monstre est caché sous cette trompeuse enveloppe; oui, un monstre qui réunit la prudence et la perfidie du serpent à la férocité du tigre. Suivons-le dans les diverses phases de sa vie.

A peine sortie de l'œuf, la larve se met à creuser la terre pour se construire un logement; c'est un trou perpendiculaire de quarante à cinquante centimètres de profondeur, assez semblable à un tuyau de plume. Dès que ce travail est terminé l'animal s'y loge en ayant soin de tenir la tête à fleur du sol, de manière à cacher l'ouverture de cette retraite. Ainsi placé, il garde l'immobilité la plus complète; rien ne peut faire soupçonner qu'il y ait là un être vivant; mais vienne à passer une fourmi ou quelque autre petit insecte, la tête de la larve s'abaisse comme une trappe, et l'imprudent voyageur tombe dans ces oubliettes où il est aussitôt dévoré. Si la victime parvient à franchir l'abîme sans y tomber, la larve alors sort de sa retraite, s'élance sur sa proie, la saisit et l'entraîne dans le souterrain d'où elle ne doit plus sortir.

Le guet-apens se renouvelle jusqu'à ce que l'impitoyable guetteuse ait atteint toute sa croissance; alors elle bouche l'entrée de sa demeure au fond de laquelle elle se retire; là elle passe à l'état de nymphe, puis, insecte parfait, pourvue d'ailes, revêtue de toutes ses parures, elle débouche le trou et s'élance dans les airs. Mais si elle a changé de forme, ses goûts, ses instincts sont demeurés les mêmes, et tout ce qui tombe sous ses tenailles, sous ses dents aiguës, est mis en pièces et englouti.

Des gens qui prétendent démontrer la raison de toutes choses, affirment que l'utilité de ces féroces créatures est démontrée par la destruction des autres insectes malfaisants qui tombent par milliers sous leurs coups; mais alors on pourrait demander à ces optimistes quelle est l'utilité de ces autres insectes. Nous n'en ferons rien, madame; car si nous sommes convaincu que tout ce qui est a une raison d'être, nous croyons aussi qu'il n'est pas toujours opportun de la chercher.

Continuons donc l'examen des coléoptères : après la famille des CARNASSIERS vient celle des BRACHÉLYTRES, dont les principaux genres sont les *gyrins* et les *dysiques*, insectes aquatiques dont les mœurs ont été parfaitement observées. Les gyrins, qui semblent se jouer constamment à la surface des eaux tranquilles, et qu'on prendrait volontiers pour les créatures les plus inoffensives du monde entier, ne sont pourtant en réalité que d'affreux brigands, qui n'ont l'air indifférent à tout ce qui se passe autour d'eux que pour saisir plus sûrement au passage les petits voyageurs ailés qu'ils immolent sans pitié. *Item, faut vivre*, disait l'ancienne coutume de Senlis; c'est une raison qui en vaut bien une autre, et qui même vaut mieux que beaucoup d'autres.

Ils marchent par troupes, mais il n'y a entre eux aucune solidarité. *Chacun pour soi* semble être leur devise, et ils agissent en conséquence. La nature, il est vrai, les a traités en enfants gâtés. Sur les six pattes de l'individu, quatre, celles de derrière, sont disposées pour la natation; les deux pattes de devant ne servent qu'à saisir le gibier, qui ne saurait leur échapper, car leurs yeux sont si nombreux et disposés de telle sorte qu'ils voient en même temps ce qui se passe dans l'air, autour d'eux et au fond des eaux.

Tout cela, madame, peut bien avoir quelque peu l'air d'un fragment de conte des *Mille et une Nuits;* eh bien, ne nous en croyez pas sur parole, et allez suivre de l'œil quelques gyrins dans la pièce d'eau de votre cottage, mais gardez-vous de toucher à un seul, car aussitôt son corps se couvrirait d'une liqueur blanche, visqueuse, dont vos doigts mignons et effilés conserveraient pendant plusieurs jours la nauséabonde odeur.

Mais toutes ces facultés si prodigieuses sont de courte durée : vient la saison d'aimer, qui passe comme un éclair. Dès le mois de juillet, l'acte de la génération est accompli, et la femelle va déposer ses œufs sur des plantes aquatiques. Là, au mois d'août, naissent les larves qui bientôt se tissent des cellules où elles passent à l'état de nymphes, et d'où elles ne sortent insectes parfaits que pour se plonger au sein des eaux.

Les mœurs des dytiques sont à peu près les mêmes que celles des gyrins; l'eau est leur élément de prédilection; cependant, vers le soir, dans les beaux jours, ils quittent volontiers leurs demeures humides pour aller courir sur la terre ou voler dans les airs. Cette grande activité est justifiée par le peu de temps que ces pauvres créatures ont à vivre : les œufs, en effet, éclosent huit à dix jours après la ponte; en dix autres jours, la larve change trois fois de peau et passe à l'état de nymphe; et c'est avec la même rapidité que se produit la métamorphose qui l'amène à l'état d'insecte parfait.

La voracité du dytique est vraiment phénoménale : il attaque et dévore en un clin d'œil des insectes deux fois plus gros que lui; il est vrai que, par compensation, il peut se passer de nourriture pendant un mois, sans que cette diète le fasse maigrir.

Arrivé à la famille des SERRICORNES, nous passerons rapidement sur les *buprestes*, qu'on appelle aussi *richards* à cause des mille nuances métalliques qui jaillissent de leur corps sur un fond d'émeraude; les *taupins*, aussi appelés scarabées à ressort, et qui, lorsqu'ils viennent à être renversés sur le dos, ont la singulière faculté de se lancer en l'air et de retomber sur leurs pattes; les *cébrions*, dont les antennes sont en forme de scie, et dont le mâle et la femelle sont si différents l'un de l'autre, que depuis très-peu de temps seulement on a reconnu qu'ils appartiennent au même genre; les *ptines* et les *lime-bois*, petits insectes, qui se ressemblent beaucoup et vivent dans les pièces de bois, les vieux meubles, où ils causent d'incroyables ravages.

Ces genres sont incontestablement les plus remarquables de la famille des SERRICORNES; il faut aussi ranger dans cette catégorie les *lampyres*, vulgairement appelés *vers luisants*, dont nous parlerons un peu plus longuement.

Souvent, sans doute, madame, en vous promenant le soir dans vos bosquets embaumés, dont le souvenir nous arrache un soupir de regret, vous avez remarqué ces petits globules de feu qui surgissent tout à coup au pied d'un arbuste, dans l'herbe qui reflète leur lumière, et vous avez pu vous assurer que cette lueur phosphorescente émanait d'un insecte improprement appelé *ver luisant*.

Ce n'est pas un ver, en effet; c'est un insecte parfait. Il est vrai pourtant que, dans certaines espèces de ce genre, la larve est quelque peu lumineuse; mais ce n'est qu'après avoir passé par l'état de nymphe que l'animal est, sous ce rapport, dans tout son éclat.

En France, et dans le nord de l'Europe, cette faculté de répandre la lumière n'appartient qu'aux femelles des lampyres. Voici ce qui arrive : si la larve, après avoir passé par l'état de nymphe, produit une femelle, celle-ci n'a subi qu'une métamorphose incomplète; la lumière qu'elle projette est beaucoup plus vive qu'auparavant; mais la pauvrette, dépourvue d'ailes, est condamnée à ramper sur la terre; si, au contraire, la larve a produit un mâle, ce dernier, en sortant de l'état de nymphe, est pourvu d'antennes plumeuses, de palpes, d'ailes, et d'élytres aussi longues que le corps; tout cela est une compensation à la lumière phosphorique que la nature lui a refusée.

Ainsi, tandis que le mâle s'élance fièrement au sein des airs, sa compagne, triste, résignée, se traîne douloureusement dans l'herbe où elle est née : elle souffre, mais elle espère : si le bien-aimé est parti, il reviendra, elle le sait, elle le sent : qui donc lui a révélé l'avenir? L'amour. Tandis que le mâle s'égare dans l'espace, la femelle prépare le fanal qui doit le ramener près d'elle, et, dès que la nuit a complétement étendu ses voiles, elle se couche sur le dos, afin que son ventre puisse lancer dans l'espace la lumière dont il brille. Aux lueurs de ce flambeau qu'il aperçoit, le lampyre sent ses désirs s'allumer; bientôt il s'élance à tire d'ailes vers ce point lumineux qui lui promet le bonheur, et qui, dans une même nuit, doit être pour lui le flambeau de l'hymen et la torche funèbre de la mort.

La femelle ne survit que peu de temps au mâle; mais elle ne meurt qu'après avoir assuré de son mieux l'avenir de sa famille, en déposant ses œufs dans un lieu où les jeunes larves doivent trouver une nourriture abondante.

C'est ainsi, madame, que les choses se passent en France; mais dans les pays chauds, en Amérique et même en Italie, les deux sexes sont pourvus d'ailes, et projettent une lumière également vive. C'est un spectacle singulier que celui de ces insectes lumineux traversant les airs dans tous les sens, comme autant d'étoiles filantes ou de petites planètes roulant dans l'espace.

Quelques espèces de ce genre, qu'on trouve particulièremen dans l'Amérique du sud, jettent une lumière si vive qu'il suffit de deux ou trois de ces individus pour éclairer suffisamment une chambre spacieuse, et qu'en les attachant on peut s'en servir comme de flambeaux pour lire et écrire.

Si l'on jette un lampyre femelle dans un vase contenant du gaz hydrogène, il détermine une explosion. La mort même de l'animal ne lui enlève pas sur-le-champ sa phosphorescence, et lorsqu'enfin il l'a perdue, il suffit de jeter le cadavre dans de l'eau tiède pour lui rendre tout son éclat.

L'espèce la plus remarquable de la famille des CLAVICORNES, quatrième de l'ordre des COLÉOPTÈRES, est sans contredit celle des *bouchers*. Ce sont de petits insectes noirs, à antennes fauves, ayant des élytres chargées de trois lignes élevées et d'une bosse transversale; ils se plaisent dans les cadavres en putréfaction, et ceux de la plus grande espèce n'ont pas plus de quinze millimètres de longueur : deux de ces individus ne couvriraient pas complétement l'ongle rosé d'un de vos doigts, madame; chacun d'eux n'est guère plus pesant qu'une petite épingle; eh bien, ces chétives créatures parviennent à transporter à de grandes distances des fardeaux énormes, tels que le cadavre d'un rat ou d'une taupe; et non-seulement ils transportent ces cadavres, mais ils les enterrent. Voici comment ils opèrent : un d'eux, qui est probablement le plus intelligent et le chef de sa bande, fait lentement le tour du cadavre qu'il s'agit de transporter; il l'examine dans tous les sens, puis ayant jugé de son poids, il va requérir le nombre de travailleurs nécessaires. Arrivés près de cette proie, tous se mettent à creuser la terre pour pénétrer sous le cadavre; là ils réunissent leurs efforts; la masse est soulevée sur leurs dos, tous se mettent en mouvement en réglant leur marche sur celle du chef. Arrivés au lieu choisi, qui est toujours un endroit sablonneux, le fardeau est déposé; tous les travailleurs s'enfoncent sous lui dans le sable et creusent, avec une rapidité prodigieuse, une fosse profonde, dans laquelle le cadavre descend graduellement; ils rejettent ensuite dans la fosse la terre amoncelée autour, et tout est terminé.

Mais quel est leur but? Ne pouvaient-ils manger ce cadavre dans le lieu où il se trouvait? Ils l'auraient pu, sans doute; ils ne l'ont pas voulu : l'amour maternel l'a emporté sur la voracité. C'est dans ce cadavre qu'un certain nombre de femelles déposeront leurs œufs, et les larves, en naissant, n'auront pas à chercher de provisions.

Les autres genres remarquables de la famille des CLAVICORNES sont les *clairons*, qui volent avec agilité, et qui inclinent la tête et semblent morts quand on veut les prendre; les *dermestes*, qui dévorent les fourrures, les collections de papillons séchés et autres insectes, ce qui leur a valu le nom de *disséqueurs;* les *byrrhes,* assez semblables aux *dermestes,* mais moins dévastateurs; les *escarbots,* qui ne diffèrent des clairons qu'en ce qu'ils sont moins sveltes, et qui, du reste, ont les mêmes goûts et les mêmes instincts.

Nous ne citerons, dans la famille des PALPICORNES, que le genre des *hydrophiles,* nom qui signifie *amis de l'eau.* Les anciens naturalistes confondaient ce genre avec celui des dytiques. Il est vrai que, comme ces derniers, ils passent la plus grande partie de leur vie dans l'eau; mais ils possèdent à un degré éminent la triple faculté de nager, de courir et de voler.

Un des caractères distinctifs de ce genre est l'espèce de filière que portent les femelles, au dernier anneau de l'abdomen. De cette filière sort une soie argentée dont la femelle forme un cocon ou une espèce de nid dans lequel elle dépose ses œufs, et qu'elle laisse ensuite flotter sur les eaux.

Parmi les genres de la famille des LAMELLICORNES, nous citerons les *hannetons,* les *lucanes,* et les *scarabées* dont nous avons placé la figure au commencement de cette lettre.

Les hannetons naissent dans la terre sous la forme de vers blancs, qu'ils conservent pendant un temps qui varie de deux à quatre ans. Tant que les larves n'ont pas pris tout leur accroissement, elles sont d'une extrême voracité, et comme elles ne se nourrissent que de racines et particulièrement de celles des plantes céréales, elles causent parfois de grands dommages ; elles ont même amené souvent des disettes générales dans certaines contrées.

Dès que la larve a atteint le terme de sa croissance, elle cesse de manger ; elle se construit une loge très-unie qu'elle tapisse de quelques fils de soie ; puis elle se raccourcit, se gonfle et se change en nymphe. Vers le mois de mars, la métamorphose est accomplie, et l'insecte, arrivé à l'état de perfection, perce sa loge et en sort ; mais il est encore trop faible pour sortir de la terre, et ce n'est qu'en avril qu'il vient enfin à la surface respirer l'air tiède du printemps. L'animal est dès lors arrivé à la phase la plus brillante de sa vie : ses élytres bronzées s'ouvrent, ses ailes se déploient, il s'élance dans les airs, et c'est en conquérant qu'il cherche une compagne, l'aborde et lui offre ses hommages ;

Mais que du bonheur les instants sont courts !

Huit jours à peine se sont écoulés que le mâle expire, tandis que la femelle rentre dans la terre pour y déposer ses œufs.

Pendant ces huit jours, le hanneton fait autant de ravages sur les arbres que sa larve en a fait sous la terre ; par lui les arbres de toute une contrée sont parfois entièrement dépouillés de leurs feuilles et même de leur écorce. C'est ce qui arriva en Suisse en 1479 : les paysans étaient au désespoir ; ce que voyant, les membres du tribunal de Lausanne résolurent de sévir avec rigueur contre ces déprédateurs audacieux. En conséquence, les hannetons furent cités à comparaître devant ledit tribunal, et un avocat fribourgeois fut nommé d'office pour les défendre. L'avocat déserta-t-il la cause ou manquat-il d'éloquence, c'est ce que l'historien qui rapporte ce fait* ne dit pas; ce qui est certain c'est que les accusés furent condamnés au bannissement perpétuel.

D'ici, madame, nous voyons poindre sur vos lèvres un sourire d'incrédulité; remarquez, cependant, que nous citons notre auteur; et si cela ne suffit pas, nous vous dirons qu'un fait à peu près semblable s'est produit en France il y a à peine quelques années.

Il y avait, en ce temps-là, à Paris, un personnage auquel, bien qu'il fît des vaudevilles, on avait donné le titre d'*homme le plus spirituel de France.* On ne parlait que de lui, au point que le gouvernement en fut bientôt importuné; et que ne sachant trop comment empêcher le vaudevilliste de parler, chanter, vaudevilliser, il s'avisa de le faire préfet.

Le moyen était excellent : notre homme une fois enterré au chef-lieu de sa préfecture, personne ne parla plus de lui; s'il faisait encore des bons mots, il fallait que ce fût à huis-clos; s'il commettait quelque vaudeville, force lui était de le garder en portefeuille.

Dans cette extrémité, l'homme d'esprit-préfet, — nous ne prétendons pas que ces deux qualités impliquent contradiction, — se sentant annihiler, imagina un expédient pour sortir de ce tombeau où on l'avait enfermé tout vivant : les

* *Chroniques de la Suisse,* par Stettlers.

hannetons faisaient en ce moment des ravages effroyables dans le département dont l'administration était confiée à ses lumières; les paysans criaient haro sur ces Vandales; M. le préfet fit mieux : il prit un arrêté en bonne forme par lequel il était enjoint à tous et à chacun de ses administrés de courir sus aux pillards ailés, les appréhender et mettre à mort, promettant une prime pour chaque boisseau de cadavres, et portant peine d'amende contre quiconque tenterait de se soustraire à l'obligation d'entrer en guerre contre les susdits coléoptères de la famille des LAMELLICORNES.

L'arrêté fut envoyé à tous les journaux de Paris, qui l'imprimèrent avec des commentaires ébouriffants; il eut un succès fou : l'*homme le plus spirituel* de France fut réhabilité. Quelques-uns, à la vérité, prétendaient que l'expédient avait été fatal à son auteur; que les hannetons, furieux de la croisade prêchée contre eux, avaient fait une pointe contre la préfecture, et que par eux le préfet avait été dévoré. Heureusement pour l'esprit français, c'était un mensonge : l'ancien vaudevilliste n'est plus préfet, mais il est quelque chose de mieux, et il est demeuré l'homme le plus spirituel de France.

Un mot des *lucanes* : c'est à ce genre qu'appartient ce bel insecte appelé *cerf-volant*, qu'on trouve dans toutes les forêts de l'Europe, et une foule d'autres espèces plus remarquables encore qui habitent les forêts de l'Afrique et de l'Amérique.

Quant aux *scarabées* proprement dits, avec lesquels les anciens naturalistes confondaient tous les genres de la même famille, nous nous bornerons à vous rappeler, madame, que les anciens Égyptiens en avaient fait un Dieu ; nous ajouterons pourtant que ce dieu a des goûts fort dépravés, et les appétits les plus immondes. Cela toutefois ne nuit pas à sa beauté physique, ainsi que le prouve le dessin joint au commencement de cette lettre, lequel représente un *scarabée hercule*, espèce particulière aux Antilles, à Cayenne et à Surinam, et dont le corps n'a pas moins de quinze centimètres de long.

Dans la famille des MÉLASOMES, nous citerons le genre des *ténébrions*, qui se plaisent dans les boulangeries et les moulins à farine.

Le genre le plus remarquable de la famille des TAXICORNES est celui des *diapères*, qui se font une demeure dans les champignons et sous les écorces des arbres.

La famille des STÉNÉLYTRES n'a de genre remarquable que celui des *hélops*, qui ressemblent aux *ténébrions*, avec lesquels les anciens naturalistes les confondaient, et que l'on a peut-être eu tort d'en séparer.

Quant à la famille des TRACHÉLIDES, nous citerons comme son genre principal les *cantharides*, jolis insectes, d'un vert doré, dont Béranger a chanté la puissance.

Le principal genre de la famille des PORTE-BECS sont les *charançons*, très-petits insectes dont les mouvements sont lents, le vol très-faible. Le charançon, qui semble avoir la conscience de sa faiblesse, ne cherche guère à se soustraire au danger qu'en contrefaisant le mort, ruse commune à un grand nombre d'insectes; quelquefois aussi, étant serré de près, il saute à la manière des puces. Quelques espèces de charançons sont entièrement privées d'ailes.

C'est surtout à l'état de larves que les charançons sont dévastateurs. Ce petit ver s'introduit dans les semences qu'il ronge peu à peu en se creusant, à mesure qu'il grossit, une demeure plus ample dans l'intérieur, et c'est là qu'il subit sa métamorphose.

Les déprédations commises par les charançons, chaque année, sont incalculables; ces armées d'insectes, presque imperceptibles, causent la ruine et font le désespoir d'une foule de cultivateurs, qui ne savent comment s'en débarrasser.

Voici un moyen qui, en notre présence, a été employé avec succès.

Après une absence de quelques mois, des énormes monceaux de grains qu'il avait laissés dans ses granges, un cultivateur du centre de la France n'avait plus trouvé que le son; tout le reste avait été dévoré par les charançons. Il s'agissait de prévenir le retour d'une telle catastrophe; or, dans le cours de ses voyages, le cultivateur dont nous parlons avait remarqué que le charançon n'avait pas d'ennemi plus terrible que la fourmi. Fort de cette découverte, il fait aussitôt enlever dans des sacs toutes les fourmilières qu'on peut trouver dans les environs. Ces sacs sont ensuite transportés dans la plus grande de ses granges; là on les ouvre, et les fourmis se répandent aussitôt sur le sol; mais au bout d'un instant elles s'arrêtent, se rassemblent, semblent se concerter.

Presque en même temps, les charançons s'étaient réunis en masses compactes; il était évident qu'ils avaient la conscience de l'immense et imminent danger qui les menaçait, et qu'ils se préparaient à la défense.

Tout à coup les bataillons de fourmis s'ébranlent; les charançons, bien serrés les uns contre les autres, soutiennent le premier choc sans trop de désavantage; mais peu après leurs rangs sont entamés, les plus intrépides des fourmis se précipitent au milieu de l'armée ennemie, la mêlée devient terrible, mais elle dure peu : les charançons sont battus, écrasés, dévorés; deux heures plus tard, il n'en restait pas un.

Alors le cultivateur fit ouvrir les portes, et les bataillons vainqueurs s'empressèrent de regagner les lieux aimés d'où on les avait arrachés. Le lendemain, il n'y avait dans la grange ni une fourmi ni un charançon.

Dans la famille des XYLOPHAGES, on ne remarque guère que le genre des *trogosites*, dont la principale espèce, appelée *cadelle* cause d'assez grands dommages en Provence où, à l'exemple du charançon, auquel elle ressemble, elle attaque particulièrement le blé.

Tel est encore, dans la famille des PLATYSOMES, le genre des *cucujes* qui ressemble aux deux précédents, avec cette différence que les individus qui le composent ne s'attaquent qu'à l'écorce des arbres.

Dans la famille des LONGICORNES, nous signalerons le *capri-*

corne, dont nous avons donné la figure au commencement de cette lettre. *Ne mettez pas le doigt entre l'arbre et l'écorce;* il paraît que ce proverbe n'a pas été fait pour le capricorne; car c'est là qu'il vit, et il ne quitte cette retraite que lorsque le beau temps l'invite à faire usage de ses ailes. Lorsque l'on prend un *capricorne*, il fait entendre un bruit aigu produit par le frottement du bord de son corselet sur une des pièces du thorax; c'est l'armure du chevalier qui crie sous l'étreinte d'un géant.

La famille des EUPODES n'offre également qu'un genre remarquable, celui des *criocères* qui ressemblent aux insectes appelés vulgairement *bêtes à bon Dieu*, avec cette différence que leur forme est plus allongée. Ils se plaisent sur les lis, les asperges, et ils subissent la métamorphose complète pour arriver à l'état d'insecte parfait.

Le genre le plus remarquable de la famille des CYCLIDES est celui des *cassides*, vulgairement appelés *scarabées tortues*, nom qui donne une idée assez juste de leur forme, puisqu'en effet le corselet et les élytres se confondent en une masse ovale et convexe, semblable à une carapace, qui recouvre, déborde et protége le corps de tous côtés. Les *cassides* vivent le plus ordinairement sur les chardons, les artichauts; ils marchent lentement et se servent rarement de leurs ailes.

Nous voici arrivé à la dernière famille des COLÉOPTÈRES, celle des APHIDIPHAGES, dont le principal genre se compose des *coccinelles*, vulgairement appelées *bêtes à bon Dieu*, *bêtes à la Vierge*, *catherinettes*, etc., charmants petits animaux, parfaitement inoffensifs, et trop connus pour qu'il soit nécessaire de les décrire.

Ainsi, vous le voyez, madame, il y a chez vous, dans l'étendue de quelques pas seulement, des mondes à explorer. Nous sommes si fier de vous servir de guide en ces explorations, que nous voilà arrivé jusqu'ici sans nous apercevoir que cette lettre dépasse de beaucoup l'étendue d'une missive ordinaire. C'est que, par la pensée, nous étions avec vous, nous rêvions, et il est de si doux rêves!

CINQUIÈME LETTRE

Peut-être, madame, aurez-vous trouvé quelque peu aride le chemin que nous avons parcouru jusqu'ici. Hélas! nous vous l'avions dit : les sentiers de la science ont nécessairement des rudesses qu'on ne saurait complétement dissimuler; ainsi le veut l'éternelle loi des compensations.

Toutefois, nous continuerons à nous efforcer de ne pas vous faire acheter trop cher le plaisir que nous goûtons à vous entretenir de ces peuplades encore si peu connues des gens du monde, et nous aurons soin de laisser passer le moins possible l'oreille du professeur.

C'est de l'ordre des

ORTHOPTÈRES

que nous vous parlerons aujourd'hui. Ce mot, un peu rude, bien qu'il vienne du grec dont la douceur est tant vantée, signifie *ailes droites*, et, en effet, le caractère distinctif des insectes de cet ordre consiste en ce que leurs ailes sont plissées en long, au lieu de l'être en travers; ils ne subissent, en outre, qu'une demi-métamorphose, et cela a paru suffisant pour les séparer des coléoptères, avec lesquels on les confondait autrefois.

Cet ordre est divisé en deux familles : les COUREURS, don toutes les pattes sont uniquement propres à la course, comme celles de la *mante* (*fig.* 1); et les SAUTEURS, dont les pattes de derrière sont très-longues et disposées pour le saut, comme celles du *grillon* (*fig.* 2).

Fig. 1. *Fig.* 2.

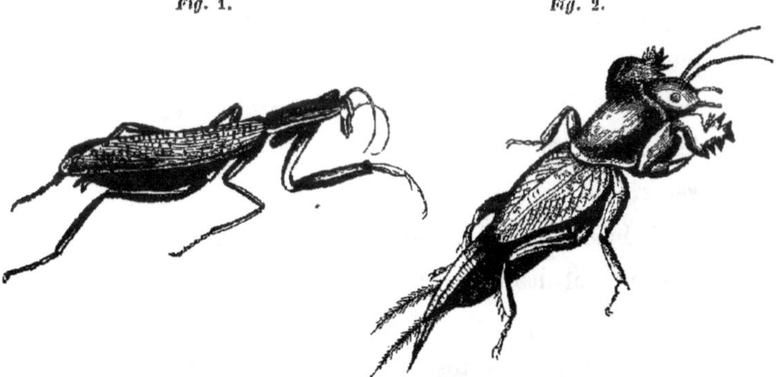

La *mante* forme un des genres les plus remarquables de la famille des COUREURS, tant à cause de sa forme que de ses mœurs. Elle est de couleur verte avec une teinte roussâtre claire, et quelques espèces ressemblent si bien à une feuille d'arbre, que plusieurs voyageurs s'y sont trompés et ont affirmé avoir vu, dans l'Inde, les feuilles de certains arbres se détacher des branches et marcher sur le sol. L'erreur, néanmoins, était un peu forte, et montre jusqu'où peut entraîner l'amour du merveilleux.

Inutile de vous dire, madame, que vous n'avez rien à craindre de semblable de notre part : vous le savez, nous sommes, sous ce rapport au moins, de la vieille école dont un des maîtres a formulé cet axiome :

Rien n'est beau que le vrai ; le vrai seul est aimable.

Donc les mantes ne sont pas des feuilles vivantes; mais elles n'en méritent pas moins d'être observées. L'espèce la plus connue en France est la *mante religieuse*, que les Provençaux appellent *préga-Diou*, ce qui veut dire *prie-Dieu*, à cause de la posture de ces insectes, qui tiennent continuellement leurs pattes de devant élevées et jointes comme pour prier. Aussi les dévots musulmans ont-ils pour les mantes une grande vénération.

Eh bien, madame, nous devons le dire, ces gentilles religieuses sont des monstres de férocité : à peine sortis de l'œuf, les petits détruisent tout ce qui est à leur portée. Quoique très-voraces, ils ne tuent pas seulement pour satisfaire cette voracité; comme le tigre, ils tuent pour tuer : à défaut d'ennemis, ils se font entre eux une guerre horrible, impie; le frère tue son frère, souvent même il le mange..... Quel philosophe dira la raison de cette férocité?

Au reste, les mœurs de tous les individus de cet ordre sont à peu près les mêmes. Telles sont celles des *forficules*, vulgairement appelés *perce-oreilles*. Tout le monde connaît ces insectes au corps allongé, aplati, qui se termine par deux appendices arqués formant comme une pince; une tête découverte portant deux antennes déliées, un corselet en forme de plaque, des pattes grêles, courtes, avec des tarses de trois articles.

Les individus de ce genre vivent dans les lieux humides, sous les pierres, les écorces des arbres, les fentes des vieux murs; ils ont par excellence l'instinct de la destruction, et bien qu'ils se nourrissent ordinairement de fruits, de légumes, de fleurs, ils ne font pas difficulté de s'entretuer et de se dévorer. Ainsi, un savant naturaliste, de Geer, raconte qu'ayant renfermé une famille entière de *forficules* dans un bocal suffisamment aéré, lorsqu'il voulut les revoir, au bout de trente-six heures, il trouva la mère presque entièrement dévorée, et le nombre des petits considérablement diminué. Ces monstres avaient commencé par se déchirer, puis, chose épouvantable! ils avaient tué leur mère pour se repaître de son corps!....

Il est donc bien vrai, madame, que tous les instincts sont dans la nature; le libre-arbitre seul peut nous sauver.

Le nom de *perce-oreilles*, donné aux *forficules*, vient de la tendance qu'ont ces insectes à s'introduire, par les oreilles, dans la tête de l'homme et des animaux de grande espèce. Ils causent, dans ce cas, des douleurs intolérables et même la mort, si l'on ne se hâte d'arrêter leur progrès par quelque remède efficace.

Nous citerons encore, dans la famille des coureurs, les *blattes*, petits insectes roussâtres qui se tiennent cachés tant que dure le jour, et qui sortent de leurs retraites dès que la nuit est venue pour ravager nos garde-mangers. La forme du corps de la blatte se rapproche assez d'un ovale aplati. La tête porte deux longues antennes; elle est presque entièrement cachée dans le corselet. Les étuis ou élytres sont demi-membraneux; les ailes sont plissées en long.

Toutes les espèces de ce genre sont véritablement redoutables; car ce n'est pas seulement aux comestibles qu'elles s'attaquent; elles rongent avec la même voracité les habits, les laines, les cuirs. Elles sont surtout nombreuses en Russie, dans la Finlande et dans certaines contrées de l'Asie et de l'Amérique méridionale où elles causent souvent des ravages effroyables. Heureusement, ces malfaisantes petites bêtes ne multiplient pas beaucoup : la femelle ne pond que seize œufs, dans une sorte de coque qu'elle porte à l'extrémité de son corps, et qu'elle dépose dans un lieu quelconque quand le temps en est venu. Cette coque est divisée en seize cellules qui renferment chacune un œuf; de ces œufs sortent de petites larves qui percent la coque pour aller chercher leur subsistance.

Dans la famille des SAUTEURS, nous appellerons votre attention, madame, sur le *grillon*, dont nous vous avons, plus haut, donné l'image. C'est, vous le voyez, un assez laid petit animal, que l'on appelle vulgairement *cricri*, à cause du cri aigu qu'il fait entendre pendant la nuit; eh bien, malgré ces désavantages, malgré les déprédations qu'il commet, il est aimé du peuple; c'est l'ami du foyer de la maison; son cri annonce le beau temps; sa présence porte bonheur : c'est une croyance vieille comme le monde, et qu'il serait cruel de chercher à détruire : les consolations du pauvre doivent être choses saintes.

Nous citerons encore dans cette famille les *courtillères* ou *taupe-grillons*, dont le corps est long, le corselet cylindrique, ayant en dessus une sorte de carapace comme celle de l'écrevisse. Les espèces de ce genre causent de grands ravages dans les jardins; elles vivent constamment sous terre où elles creusent de longues galeries, dévorant sur leur passage les insectes plus faibles qu'elles et surtout les racines des plantes. Un autre besoin que l'appétit porte cet insecte à multiplier ces sombres galeries : c'est le besoin d'aimer, l'espoir, pour le mâle, de rencontrer une compagne; le désir, pour celle-ci, de s'entourer, par la fécondation, d'une nombreuse famille. Tous cheminent donc plus rapidement dans la saison des amours; s'ils s'arrêtent un instant, c'est pour écouter, car de bien loin le mâle et la femelle s'entendent travailler; alors ils marchent droit l'un vers l'autre. Un ingénieur pourrait n'être pas sans inquiétude s'il s'agissait de percer une galerie souterraine, en commençant les travaux par les deux extrémités; il pourrait craindre que, partis des deux points opposés, les mineurs fissent fausse route et ne se rencontrassent point. La *courtillère* n'a rien à redouter de semblable; les deux travailleurs marchent l'un vers l'autre sans dévier d'une ligne, d'un grain de sable, et leur ardeur augmente à mesure qu'ils se rapprochent. Enfin le dernier obstacle tombe sous leurs efforts. Ils ne se connaissaient pas, mais ils s'étaient devinés et ils ne songent plus qu'à célébrer leur heureuse rencontre.

Après les premiers transports, la femelle se remet au travail; il lui faudra bientôt une demeure spacieuse, et elle ne s'en rapporte qu'à elle-même du soin de la construire. Elle commence donc par faire une galerie circulaire dans un terrain assez solide pour que la pluie ne puisse causer d'éboulements; au centre de cette galerie elle construit un nid en forme de bouteille, et c'est là qu'elle dépose ses œufs dont le nombre s'élève de deux à quatre cents. Cette opération terminée, elle sort du nid et en bouche l'entrée pour empêcher des insectes ennemis d'y pénétrer. Mais ces soins ne sont pas suffisants pour dissiper ses alarmes; elle se place en sentinelle près de ce trésor dont, en cas d'attaque, elle défend l'accès jusqu'à la mort.

Croiriez-vous, madame, qu'il est des gens qui s'étonnent de ce que l'on puisse s'occuper de *telles futilités?...* Les malheureux! c'était bien la peine que le Créateur leur donnât des yeux pour admirer ses œuvres.

C'est aussi à la famille des SAUTEURS qu'appartiennent les *sauterelles*, gentils insectes que, dans votre retraite, charmante solitaire, vous avez chaque jour sous les yeux et que, à cause de cela, nous ne ferons que mentionner ici. Il en est de même des *criquets*, qui ne diffèrent des sauterelles qu'en ce qu'ils ont le corps plus svelte et moins lourd, et que leurs ailes sont souvent teintes du plus beau rouge ou du plus beau bleu. Ils sont aussi plus voraces que les sauterelles vertes; leur réputation, sous ce rapport, date de la plus haute antiquité. Ce ne sont pas les *sauterelles* proprement dites qui furent une des sept plaies de l'Égypte, mais bien les *criquets*.

Certaines espèces de *criquets* de grande taille sont un mets très-estimé dans quelques contrées de l'Afrique; les gourmets de ces pays les font rôtir ou les conservent dans la saumure, comme nous faisons des anchois et des sardines. Peut-être en est-il de cette prétendue excellence gastronomique comme de celle de certains nids d'hirondelles de la Chine, que tant de gens vantent sans y avoir goûté. Après tout, pourquoi ne mangerait-on pas les criquets, nous mangeons bien des escargots?

Et maintenant, charmante anachorète, nous avons la conviction que pas un de ces infiniment petits êtres ne frappera vos regards sans occuper aussitôt votre esprit et peut-être émouvoir votre cœur : vous plaindrez les uns, vous aimerez les autres, vous vous intéresserez à tous. Laissez-nous croire, madame, que nous n'aurons pas été tout à fait étranger à ce résultat; ce sera pour nous la plus douce récompense des efforts que nous ne voulons cesser de faire pour vous obéir et vous plaire.

SIXIÈME LETTRE

Après l'ordre des ORTHOPTÈRES, sujet de notre dernière lettre, que vous avez, madame, accueillie avec tant de bienveillance, vient celui des

NEVROPTÈRES,

ainsi nommé parce que les ailes des individus qui le composent sont sillonnées de nervures.

Cet ordre, dans le système que nous avons adopté, n'est pas divisé en familles, mais seulement en sections, savoir :

Les SUBULICORNES, dont les antennes ont sept articles au plus, et dont les ailes sont étendues horizontalement ou perpendiculairement ;

Les PLANIPENNES, à antennes composées d'un grand nombre d'articles, à ailes étendues ;

Les PLICIPENNES, dont les ailes inférieures sont plissées dans leur longueur.

On a subdivisé ces sections en genres, dont les principaux

sont : les *libellules,* vulgairement appelées *demoiselles* (*fig.* 1), les *éphémères* (*fig.* 2 *grossie*), les *termites* et les *friganes.*

Fig. 1. *Fig.* 2.

Certes, belle solitaire, qui vous baignez chaque jour dans les merveilles de la création, nous n'avons pas la prétention de connaître mieux que vous ces brillantes demoiselles au fin corsage, aux ailes transparentes, vertes ou bleues, dont l'allure délicieusement vagabonde attire et captive le regard. Mieux que nous, plus souvent que nous, vous avez admiré ces charmantes créatures qu'un souffle divin semble avoir capricieusement créées sous les rayons du soleil. C'est ce qu'a dit, plus éloquemment que nous ne saurions le faire, un poëte illustre :

« Il n'est pas que vous n'ayez plus d'une fois suivi de broussaille en broussaille, au bord d'une eau vive, par un jour de soleil, quelque belle demoiselle verte ou bleue, brisant son vol à angles brusques, et baisant le bout de toutes les branches. Vous vous rappelez avec quelle curiosité amoureuse votre pensée et votre regard s'attachaient à ce petit tourbillon sifflant et bourdonnant, d'ailes de pourpre et d'azur, au milieu duquel flottait une forme insaisissable, voilée par la rapidité même de son mouvement. L'être aérien qui se dessinait confusément à travers ce frémissement d'ailes vous paraissait chimérique, imaginaire, impossible à toucher, impossible à voir. Mais lorsqu'enfin la demoiselle se reposait à la pointe d'un roseau, et que vous pouviez examiner, en retenant votre souffle, les longues ailes de gaze, la longue robe d'émail, les deux globes de cristal, quel étonnement n'éprouviez-vous pas, et quelle peur de voir de nouveau la forme s'en aller en ombre et l'être en chimère * ! »

Cela est charmant! mais ces beautés ne sauraient nous faire abdiquer notre titre de professeur, et renoncer aux droits qui y sont attachés. Et puis, là où la moisson est faite, il y a toujours à glaner. Glanons.

C'est au sein des eaux que commence l'existence des *demoiselles* (libellules); elles n'ont pas d'ailes alors, mais seulement deux petites nageoires, à l'aide desquelles elles se jouent sous les flots. Un peu plus tard, elles sortent de leur élément primitif, et vont se poser sur les roseaux qui se trouvent à leur portée. Là, elles demeurent immobiles pendant quelques heures, un jour au plus; puis leur robe de nymphe tombe, leurs ailes se déploient, et une nouvelle existence commence pour elles.

C'est sur le bord d'un ruisseau que nous écrivons ces lignes, tout ému que nous sommes encore du drame qui vient de se dérouler sous nos yeux. Nous vous en devons le récit, et nous allons tâcher de nous acquitter de cette douce obliga-

* VICTOR HUGO, *Notre-Dame de Paris*.

tion, bien que nous ne nous dissimulions pas la difficulté, ou plutôt l'impossibilité de faire sentir dans un récit la chaleur des péripéties de l'action.

Tout près de nous, sur la feuille lisse et tremblante d'un roseau, une libellule vient de dépouiller sa robe de nymphe. Pendant que le soleil achève de sécher ses ailes, deux libellules mâles qui l'ont aperçue du haut des airs, arrivent, l'un par l'orient, l'autre par l'occident : ils se joignent à une assez grande hauteur, tournent autour l'un de l'autre d'un air menaçant. Ils se sont devinés et se préparent au combat; la vierge qui vient de naître sera le prix du vainqueur. Chacun d'eux prend du champ; ils s'élancent l'un contre l'autre avec la rapidité de la flèche. Le choc est terrible; ils se saisissent par les crochets qui terminent leur corps, se déchirent avec leurs mandibules.

En ce moment la demoiselle s'élance de son roseau et prend son vol; mais elle ne s'éloigne guère, et semble attendre avec inquiétude l'issue du combat. Enfin, par un violent effort, l'un des deux champions se dégage des crochets de son rival, et il s'éloigne battant de l'aile, tandis que le vainqueur monte triomphant vers les nues. Arrivé à une grande hauteur, il plane en décrivant autour de celle qu'il aime un cercle qui se rétrécit de plus en plus; puis enfin il la saisit doucement. La pudique vierge se défend, le repousse; il revient à la charge, et bientôt toute résistance a cessé... Les deux amants voltigent dans l'espace sans se quitter; leur existence semble pour toujours confondue.

Mais le rival de cet heureux vainqueur n'a feint de s'éloigner que par une ruse de guerre; il reparaît tout à coup, fond sur l'amoureux couple, si étroitement uni, et frappe à coups redoublés. L'amant heureux s'efforce alors de se dégager des étreintes de sa belle amie; l'amour a doublé les forces de celle-ci; elle retient son époux et veut vivre ou mourir avec lui. Hélas! ce dévouement est fatal à tous deux : mortellement atteint, l'époux n'est bientôt qu'un cadavre, qui échappe enfin aux embrassements de sa compagne affaiblie, roule dans l'espace et disparaît.

Alors le meurtrier veut faire agréer ses hommages à l'amante éplorée; mais elle le repousse avec indignation. Afin d'échapper à ses poursuites, elle se précipite vers l'élément qui l'a vue naître, et baigne la moitié de son corps dans l'onde, où bientôt elle laissera, sous la forme d'une grappe, les germes de la génération que verra briller le printemps prochain.

N'est-ce pas là, madame, tout un drame, dont l'invention ferait honneur au plus illustre dramaturge, un drame vrai, où les passions ne sont pas feintes, où les morts ne doivent pas se relever? Eh bien, il n'est pas de jour où, dans votre solitude, il ne s'en produise plusieurs du même genre, et pour y assister vous n'avez qu'à vouloir.

Nous ne vous dirons qu'un mot des *éphémères,* dont l'existence est de si courte durée, ainsi que l'indique leur nom.

C'est pendant les beaux jours d'été ou d'automne, et au coucher du soleil, que paraissent ces petits insectes ailés qui se balancent pendant quelques heures dans les airs, pour tomber ensuite inanimés. La durée de leur vie, à l'état de larve, est de deux ou trois ans, et leur arrivée à l'état d'insecte parfait n'est que le signal de leur mort.

Quant aux *fourmillons*, c'est à l'état de larve qu'ils sont le plus connus; ils ressemblent assez alors à la punaise. C'est à ces larves qu'on a donné le nom de *fourmis-lions*, parce qu'elles passent leur vie à chasser les fourmis, dont elles se nourrissent, comme le lion chasse et se repaît des quadrupèdes.

Les *termites*, appelés aussi *fourmis blanches*, ne se trouvent guère que dans les contrées voisines des tropiques. Les larves vivent en société dans la terre ou dans les bois de toute espèce, qu'elles dévorent en y creusant de nombreuses galeries, dont l'entrée est gardée par une sorte de *termites* qui ne travaillent pas, et qu'on appelle les *soldats*. Plus tard, la métamorphose a lieu, et les *termites*, à l'état d'insecte parfait, s'envolent pendant la nuit; au lever du soleil, leurs ailes se dessèchent; ils tombent et meurent.

Les *friganes* sont ces petits insectes ailés que l'on voit le soir, dans les appartements, tourner étourdiment autour de la flamme des bougies, où ils finissent le plus souvent par se brûler les ailes.

Il ne faut pas jouer avec le feu, dit le sage; mais il est une flamme à laquelle le sage lui-même se laisse prendre, tant il est vrai que nul ne saurait échapper à sa destinée, et qu'il n'est étude ou solitude qui y puisse quelque chose. N'en riez pas, madame, le cœur est capricieux et les flots sont changeants.

SEPTIÈME LETTRE

Certes, madame, tout ce qui est sorti de la main du Créateur est également admirable; au point de vue de la création, le ciron imperceptible ne révèle pas moins la puissance de Dieu que le gigantesque éléphant; mais il s'en faut de beaucoup que l'étude des mœurs de toutes les créatures offre pour chacune un intérêt égal. Sous ce rapport, il n'est pas un ordre de la classe des insectes qui l'emporte sur celui des

HYMÉNOPTÈRES,

dont l'histoire serait vraiment incroyable si elle n'avait pas été étudiée par tant d'illustres maîtres, tels que Linné, Buffon, Lavoisier, Cramer, Esper, Latreille, Cuvier, Geoffroy-Saint-Hilaire et mille autres, et s'il n'était facile à tout le monde de s'assurer de la véracité de leurs récits, en observant soi-même les mœurs des principaux insectes de cet ordre.

Il est donc bien entendu, madame, que nous ne vous rapporterons sur les merveilleuses familles dont nous allons vous entretenir, que des faits bien avérés, tout-à-fait incontestables et dont il vous sera facile de vérifier sur-le-champ l'exactitude.

Et de grâce, que cette précaution oratoire ne vous surprenne pas; vous verrez bientôt qu'elle n'était pas inutile.

Les hyménoptères sont tous des insectes terrestres, vivant à l'état parfait sur la terre, dans l'air et sur les fleurs; leurs caractères distinctifs sont : quatre ailes, les deux inférieures plus courtes que les supérieures, des mandibules, des mâchoires et une lèvre susceptible d'un grand allongement, propre à former une trompe, une tarière ou un aiguillon dans les femelles.

Cet ordre si intéressant est divisé en six familles, savoir :

Les *porte-scie*, remarquables à cause de leur abdomen qui est immédiatement uni au corsage;

Les *papivores*, qui, au contraire, ont un rétrécissement au point de jonction;

Les *hétérogynes*, qui comportent trois sortes d'individus : les mâles, les femelles, les neutres;

Les *fouisseurs*, dont les ailes sont toujours étendues;

Les *diploptères*, dont les ailes supérieures sont doublées longitudinalement dans le repos;

Les *mellifères*, dont les pieds postérieurs sont propres à recueillir le pollen des fleurs.

Les genres les plus remarquables de la famille des PORTE-SCIE sont les *tenthrèdes* et les *sirex* qui portent à l'extrémité de leur abdomen deux lames dentées, semblables à de véritables scies, enveloppées de deux lames écailleuses qui leur servent de fourreau, le tout pouvant sortir et rentrer dans une coulisse intérieure à la volonté de l'animal. C'est avec cette tarière que ces insectes entament le tissu des végétaux pour y déposer leurs œufs. Du reste leur forme en général se rapproche beaucoup de celle des abeilles.

Dans la famille des PAPIVORES, nous citerons les *ichneumons* (*fig.* 1) qui ont à peu près la forme des cousins, sur un patron

Fig. 1. *Fig.* 2.

beaucoup plus grand, et qui portent une tarière formée de trois scies, dont deux latérales fort déliées et une médiane plus forte et plus écailleuse.

Que vos doigts mignons, madame, ne se hasardent pas à saisir cet insecte, car il ne manquerait pas de faire un terrible usage des armes que la nature lui a données. Il faut toutefois rendre cette justice à l'ichneumon qu'il ne prend jamais l'initiative des hostilités, si ce n'est contre les chenilles dont il déchire la peau en mille endroits pour y déposer ses œufs. C'est dans le corps de ces chenilles que naissent et se développent les larves d'ichneumons. Quelquefois, lorsque ces larves sont assez fortes, elles abandonnent ces demeures vivantes où elles ont vécu en parasites; mais il arrive souvent aussi qu'elles y restent, même après la mort de la chenille, et y achèvent tranquillement leurs dernières métamorphoses.

A cette famille des PAPIVORES appartiennent aussi les *cynips*, petites mouches ornées des plus brillantes couleurs, d'une teinte bronzée ou cuivreuse. Ce sont les cynips qui, en attaquant le tissu des végétaux avec leur tarière, y font naître l'excroissance si connue sous le nom de *noix de galle*, qui sert à la fabrication de l'encre et de la teinture en noir.

Parlons maintenant des *fourmis* qui appartiennent à la famille des HÉTÉROGYNES. Il n'est pas d'insecte plus généralement connu; on le rencontre à chaque pas dans les champs, dans les bois, dans les jardins, dans les habitations, sous toutes les latitudes, et, chose étrange, les singularités de la structure et de l'histoire de ces petits individus, à la fois si remuants et si familiers, n'ont été observées jusqu'ici que par quelques infatigables investigateurs, lesquels, hâtons-nous de le dire, ont été amplement récompensés de leurs peines par les prodiges qu'ils ont vu s'accomplir sous leurs yeux.

Peut-être, madame, avez-vous cru jusqu'ici que tous les êtres vivants étaient divisés en deux sexes; il en est ainsi, en effet, pour le plus grand nombre, mais les fourmis font exception : les individus, chez elles, sont de trois sortes, les mâles, les femelles et les neutres, et chacune d'elles a des caractères distinctifs très-prononcés.

Les fourmis mâles ont la tête plus étroite que le corselet; cette tête, armée de mandibules, porte à son sommet trois yeux lisses bien apparents et deux autres yeux à facettes, c'est-à-dire deux groupes de petits yeux; le corselet porte quatre ailes, des pattes longues et minces, un abdomen formé de sept anneaux.

Les femelles ont la tête plus large que les mâles; leurs yeux sont plus petits, leurs pattes plus courtes; l'abdomen n'a que six anneaux; comme les mâles, elles portent quatre ailes.

Les neutres ont la tête plus large encore que les femelles, ils n'ont point d'yeux lisses et sont privés d'ailes.

Vous savez, madame, que les fourmis vivent en commun et en grand nombre dans une même habitation appelée fourmilière; mais peut-être ignorez-vous comment les choses se passent dans ces républiques. Nous allons donc vous le raconter sans exagération, sans ornements ou fioritures d'aucune sorte.

Dès que les mâles sont arrivés à l'état d'insectes parfaits, ils quittent la fourmilière et s'élancent dans les airs; les femelles les suivent de près et les rejoignent bientôt. Tous se livrent alors à des jeux folâtres, des courses vagabondes. Viennent ensuite les douces caresses et les unions intimes; puis enfin une séparation qui doit être éternelle. Les mâles privés de leurs compagnes errent dans l'espace jusqu'au terme de leur existence qui se fait peu attendre; les femelles regagnent la terre où leur premier soin est de se débarrasser de leurs ailes désormais inutiles. Celles qui se trouvent trop éloignées du lieu de leur naissance se réunissent pour fonder de nouvelles colonies; celles, au contraire, qui retombent dans les environs de la fourmilière où elles sont nées sont promptement recueillies par les neutres, soldats infatigables, tenant incessamment la campagne, lesquels entourent les femelles, les saisissent au besoin par les mandibules, et, de gré ou de force, les ramènent dans la fourmilière que leur ponte doit repeupler.

Ne vous étonnez pas, madame, nous n'en sommes pas au plus merveilleux. Les fourmis neutres ont évidemment le sentiment de leur infériorité; ne pouvant concourir au grand acte de la reproduction, elles se sont faites les servantes des privilégiées : ce sont elles qui construisent la demeure, les galeries souterraines, les chambres recouvertes d'un petit dôme; elles encore qui approvisionnent l'habitation dans laquelle elles accumulent sans relâche des graines, des débris d'animaux et de végétaux, de petits animaux vivants, et particulièrement des pucerons qui sont leur principale richesse; c'est leur bétail, ce sont leurs vaches, leurs chèvres.

Les femelles fécondées étant ramenées au logis, les soins les plus délicats, les plus empressés leur sont prodigués; près de chacune d'elles est placée en sentinelle une fourmi neutre chargée de l'empêcher de sortir de l'habitation, de relever les œufs qu'elle doit pondre et de les ranger soigneusement. Du reste, la captivité est douce; la fourmi fécondée, outre la sentinelle dont nous venons de parler, et qui est régulièrement relevée à intervalles égaux, cette femelle, disons-nous, est sans cesse environnée de douze ou quinze servantes neutres qui s'empressent autour d'elle, lui offrent de la nourriture, la conduisent dans les diverses parties de l'habitation, et la portent même lorsque sa grossesse est trop avancée pour qu'elle puisse marcher facilement.

En conscience, madame, et malgré la précaution oratoire que nous avons prise au début de cette lettre, nous éprouvons le besoin de vous affirmer sur l'honneur que ceci n'est pas un conte des *Mille et une Nuits*, mais bien la vérité, et la vérité bien incomplète, puisqu'il nous reste à vous dire le plus merveilleux de cette merveilleuse histoire.

Dès que la femelle a achevé sa ponte, elle meurt. Alors les fourmis neutres redoublent de soins envers la nouvelle génération : elles humectent les œufs, les tiennent chaudement; puis, dès que les larves sont écloses, elles leur apportent la becquée avec une tendresse toute maternelle, et de temps en temps elles les portent hors de la fourmilière pour les exposer à la chaleur bienfaisante du soleil. Bientôt les diverses métamorphoses s'opèrent : les larves deviennent des nymphes, puis des insectes parfaits qui apparaissent sous trois formes ou trois sexes différents.

Les mâles et les femelles, comme nous venons de le dire, meurent presque immédiatement après l'accomplissement de leur tâche : la propagation de l'espèce. Il n'en est pas de même des neutres : moins favorisées sous d'autres rapports que les deux autres sexes, elles le sont davantage sous celui de la longévité; aux approches de l'hiver, elles tombent dans un état d'engourdissement, de léthargie tellement intense, qu'il ne diffère presque en rien de la mort; elles ont perdu toute espèce de mouvement; leurs stigmates, organes de la respiration, ne fonctionnent plus; elles ne prennent aucune espèce de nourriture; ce sont de véritables cadavres qu'on peut réduire en poussière en y touchant. Mais au printemps ces cadavres ressuscitent, et ces singulières créatures reprennent le cours de leurs travaux, comme si leur sommeil n'avait duré qu'un instant.

Nous n'en finirions pas, madame, si nous voulions mentionner ici toutes les singularités de mœurs des fourmis, et puis nous voulons vous laisser, pour quelques-unes, le mérite de l'observation. Souffrez pourtant que nous corroborions ici les faits que nous venons de rapporter par quelques lignes du savant naturaliste Hubert, celui de tous les maîtres qui ait observé le plus patiemment, le plus consciencieusement ces intéressants insectes, genre qui comprend un certain nombre d'espèces dont les principales sont la *fourmi ronge-bois*, la plus grande espèce de l'Europe; la *fourmi fauve*, très-commune dans toute l'Europe; et la *fourmi sanguine*, que l'on trouve en France, et plus particulièrement en Suisse. C'est à cette dernière espèce qu'est consacrée l'observation d'Hubert, que nous citons textuellement.

« Une des occupations ordinaire des fourmis sanguines est d'aller à la chasse de certaines petites fourmis dont elles font leur pâture. Elles ne sortent jamais seules; on les voit aller par petites troupes, s'embusquer près d'une fourmilière d'une autre espèce, attendre à l'entrée qu'il en sorte quelque individu, et s'élancer aussitôt sur le premier qui se montre.

« Comme je les épiais de jour en jour, je fus témoin de plusieurs expéditions. Voici un exemple qui pourra donner une idée de leur tactique.

« Le 15 juillet, à dix heures du matin, la fourmilière sanguine envoie en avant une poignée de ses guerriers. Cette petite troupe marche à la hâte jusqu'à l'entrée d'un nid de fourmis cendrées, situé à vingt pas de la fourmilière sanguine; elle se disperse autour du nid. Les habitants aperçoivent ces étrangères, sortent en foule pour les attaquer, et en emmènent plusieurs en captivité. Dès lors, les sanguines ne s'avancent plus; elles paraissent attendre du secours, et de moment en moment je vois arriver de petites bandes qui partent de la fourmilière sanguine, et viennent renforcer la première brigade.

« Les sanguines s'avancent alors un peu plus, et semblent plus disposées à en venir aux prises; mais plus elles approchent des assiégées, plus elles paraissent empressées d'envoyer à leur nid des courriers.

« Ces courriers, arrivant en toute hâte, jettent l'alarme dans la fourmilière sanguine, et aussitôt de nouveaux bataillons en sortent pour rejoindre l'armée.

« Les sanguines, toutefois, ne se pressent point encore de chercher le combat; elles n'alarment les cendrées que par leur présence. Celles-ci occupent un espace de deux pieds carrés au-devant de leur fourmilière; la plus grande partie de la nation est sortie pour attendre l'ennemi.

« Bientôt, tout autour du camp, de fréquentes escarmouches ont lieu, et ce sont toujours les assiégées qui attaquent les assiégeantes. Le nombre des cendrées, assez considérable, annonce une vigoureuse résistance; mais elles se défient de leurs forces, songent d'avance au salut des petits qui leur sont confiés, et montrent en cela un des plus singuliers traits de prudence dont l'histoire des insectes fournissent l'exemple. Longtemps avant que le succès puisse être douteux, elles apportent leurs nymphes au dehors de leurs souterrains, et les amoncellent à l'entrée du nid, du côté opposé à celui d'où viennent les fourmis sanguines, afin de pouvoir les emporter plus aisément si le sort des armes leur est contraire; leurs jeunes femelles prennent la fuite du même côté.

« Le danger approche; les sanguines se trouvant en force se jettent au milieu des cendrées, les attaquent sur tous les points, et parviennent jusque sur le dôme de leur cité. Les cendrées, après une vive résistance, renoncent à la défendre, s'emparent des nymphes qu'elles avaient rassemblées hors de la fourmilière, et les emportent au loin, poursuivies par les sanguines, qui cherchent à leur ravir leur trésor.

« Toutes les cendrées sont en fuite; cependant on en voit quelques-unes se jeter avec un véritable dévouement au milieu des bataillons ennemis, et pénétrer dans les souterrains où elles parviennent à soustraire encore au pillage quelques larves qu'elles emportent à la hâte.

« Les fourmis sanguines pénètrent enfin dans l'intérieur, s'emparent de toutes les avenues, et paraissent vouloir s'établir dans la place dévastée. De petites troupes arrivent alors de la fourmilière sanguine, et l'on commence à enlever ce qui reste de larves et de nymphes. Il s'établit alors une chaîne continue d'une demeure à l'autre, et la journée se passe ainsi.

« La nuit arrive avant qu'on ait transporté tout le butin;

un bon nombre de sanguines reste dans la cité prise d'assaut, et le lendemain, à l'aube du jour, elles recommencent à transférer le reste de leur proie. Quand elles ont tout enlevé, la fourmilière cendrée est à peu près abandonnée ; mais bientôt quelques couples reviennent vers la place conquise; leur nombre augmente : une nouvelle résolution a sans doute été prise par ce peuple belliqueux qui sortant incessamment par bandes nombreuses, revient et s'installe dans la ville pillée, qui devient la cité sanguine. Tout y est rapidement transporté, nymphes, larves, mâles, femelles, auxiliaires, amazones, sont déposés dans l'habitation conquise, et les fourmis sanguines renoncent pour jamais à leur ancienne patrie. Elles s'établissent aux lieu et place des cendrées, et de là elles entreprennent de nouvelles invasions. »

Que nos hommes de guerre osent donc encore se montrer fiers de leurs victoires, de leurs conquêtes! Fiers conquérants, qu'êtes-vous autre chose que des fourmis sanguines, plus la parole, et trop souvent moins l'intelligence!

Un mot des *sphex* (*fig.* 2 ci-dessus) avant de clore cette épître, peut-être, hélas! trop longue à votre gré, madame, et pour nous si courte.

Les *sphex* composent le genre le plus important de la famille des FOUISSEURS. Ce sont des insectes fort agiles vivant sur les fleurs dont ils pompent les sucs, et dont le plus grand nombre des espèces est étranger à nos climats. Leur forme svelte, élancée se rapproche assez de celle des guêpes. Ils vivent dans les terrains sablonneux où la femelle se creuse un nid un peu avant l'époque de la ponte. Ce travail terminé, elle prend son vol et se met à la recherche d'une chenille. Dès qu'elle en a aperçu une à son gré, elle fond sur elle, la perce de son dard, la prend entre ses mâchoires, l'emporte dans son trou, pond un seul œuf à côté de ce cadavre, sort, bouche l'entrée de sa demeure, et, sûre que la larve, en sortant de l'œuf, ne manquera pas de nourriture, elle va construire un nouveau nid, chercher une nouvelle chenille et pondre un autre œuf.

Déjà, madame, dans une de nos premières lettres nous vous avons dit quelque chose de cet insecte si intelligent; mais il est toujours bon de mettre les choses à leur place : la méthode est à la mémoire ce que la boussole est au marin.

Toutefois nous n'en avons pas fini avec l'ordre des **HYMENOPTÈRES**; il nous reste à vous dire les faits et gestes des guêpes et des abeilles, sujet piquant, — grâce pour le mot, — sur lequel on pourrait écrire des volumes, mais que, de peur d'être importun par trop de prolixité, nous tâcherons de renfermer dans notre prochaine missive.

HUITIÈME LETTRE

Rien de plus délié, de plus fin, de plus gracieux que les formes de la guêpe; aussi dit-on d'un joli corsage ce mot devenu proverbe, et qui, autour de vous, madame, est si souvent murmuré : *taille de guêpe*. Mais, pour être juste, il faut que la comparaison s'arrête là ; car vous êtes, chère solitaire, aussi bonne que belle, et les guêpes, au contraire, ce principal genre de la famille des DIPLOPTÈRES, obéissent avec délices aux inspirations du génie du mal.

De même que les fourmis, les guêpes présentent des individus de trois espèces : les mâles, les femelles et les neutres; leurs mœurs sont aussi à peu près les mêmes, avec cette différence que les femelles et les neutres des guêpes sont bien plus redoutables que les fourmis, à raison de l'aiguillon acéré et venimeux qu'elles portent à l'extrémité de l'abdomen, et dont elles font un cruel usage, alors même que, loin de provoquer leur colère, on cherche à les éviter.

Comme chez les fourmis, ce sont les neutres qui se chargent de tout le travail : elles construisent les cellules, vont à la provision, chassent, pillent les vergers, déchirent les viandes, et ne reviennent au logis que chargées de butin qu'elles partagent de la meilleure grâce avec les mâles, les femelles, et même les larves auxquelles elles donnent la becquée dès qu'elles sont écloses. Ces larves, quelque temps après leur naissance, bouchent l'entrée de leurs cellules avec une sorte de soie qu'elles filent elles-mêmes, et alors s'accomplit leurs métamorphoses en nymphes et en insectes parfaits.

Là s'arrête la ressemblance de mœurs entre les fourmis et les guêpes. Ainsi que nous vous le disions dans notre lettre précédente, madame, les mâles et les femelles des fourmis meurent presque immédiatement après l'accomplissement du grand acte de la génération; il n'en est pas de même chez les guêpes; ce n'est qu'aux premiers froids, vers la fin de l'automne, qu'une mortalité excessive se produit chez les individus des trois genres. Bientôt une sorte de folie furieuse s'empare des survivantes; alors s'organise un massacre affreux, une horrible Saint-Barthélemy des faibles par les forts, des enfants par leurs pères, leurs mères, leurs nourrices; toutes les larves sont impitoyablement égorgées et en partie dévorées.

Détournons les regards de ce spectacle affreux, et hâtons-nous d'arriver aux *abeilles* qui sont sans contredit un des genres les plus intéressants, non-seulement de la famille des MELLIFÈRES à laquelle elles appartiennent, mais de l'entomologie tout entière.

Nous ne décrirons pas ici, madame, les formes de ces admirables travailleuses que vous avez chaque jour sous les yeux, alors qu'elles viennent butiner sur les fleurs de votre parterre ou sur les jardinières de votre salon; car elles ne s'effarouchent pas de peu, et elles se laissent même prendre par de douces mains; mais malheur à qui cherche à les effrayer; alors elles acceptent le combat, et les redoutables aiguillons dont elles sont armées peuvent causer de graves blessures; on a vu des hommes, des chevaux, assaillis par des essaims d'abeilles qu'ils avaient effrayées, se rouler sur le sol en poussant des cris terribles, et expirer au milieu des plus cruelles souffrances. Le mieux est donc de n'y pas toucher, bien qu'il soit possible de les apprivoiser au point de les faire obéir à la parole : ainsi *nous avons vu*, ces mots, charmante recluse, sont soulignés pour attirer votre attention, nous avons vu un naturaliste qui avait un essaim d'abeilles dans une des poches de son habit, arrangée de manière à ce qu'elles y fussent commodément; il les portait partout avec lui. Lorsqu'il se trouvait dans un endroit où il y avait des fleurs, il sifflait, et aussitôt les abeilles sortaient et allaient butiner; en sifflant d'une autre façon, il les faisait venir sur son chapeau, sur ses épaules ou sur ses mains; un autre signal leur ordonnait de rentrer dans la poche, et elles obéissaient sur-le-champ. Et nous ne venons pas de loin pour vous raconter cela, madame; c'est à Paris même que nous avons assisté à cet incroyable spectacle.

Mais ce n'est là qu'une exception. Passons donc aux faits généraux, aux mœurs, aux lois, aux usages de ce singulier peuple.

Comme les fourmis et les guêpes, les abeilles comportent trois sortes d'individus : mâles, femelles, neutres ou travailleuses, lesquelles vivent en commun et forment des sociétés nombreuses réunies dans une même habitation appelée *ruche*.

Chacune de ces trois castes a ses attributions particulières, pour le maintien de la société; de même que chez les deux genres précédents, ce sont les neutres ou ouvrières qui sont chargées de tout le travail; elles construisent les cellules de cire qui composent ce que l'on appelle les *rayons* ou *gâteaux*, et vont à la récolte du miel et du pollen des fleurs.

Les cellules sont toujours de trois dimensions et ont trois destinations différentes: les plus petites, situées à la partie supérieure de chaque gâteau, sont destinées à recevoir les œufs qui produiront plus tard les ouvrières; les inférieures, plus étendues dans toutes leurs dimensions, et bâties à la suite des précédentes, sont celles qui recevront les larves des mâles; les troisièmes, beaucoup plus grandes que toutes les autres, doivent recevoir les œufs d'où sortiront les femelles ou reines.

Rien n'est épargné pour la construction des cellules royales; on y trouve ampleur et solidité, et le poids d'une seule équivaut au moins à celui de cent cellules ordinaires; elles sont aussi moins nombreuses, et varient de seize à vingt.

C'est dans la ruche où toutes ces constructions ont été élevées que vit, au milieu d'une multitude d'ouvrières et d'un grand nombre de mâles, une seule femelle destinée à perpétuer l'espèce, et que l'on désigne par le nom de *reine*.

Pour la jeune reine comme pour tout ce qui respire sous le soleil, le printemps est la saison des amours Il semble que, toute puissante et environnée comme elle l'est, il serait facile à la tendre souveraine de faire un choix parmi les nombreux prétendants qui l'entourent, pour que ses vœux fussent comblés; il n'en est rien : les mâles, tant qu'elle reste dans la ruche, ne cessent de montrer pour elle la plus respectueuse indifférence. Mais bientôt, poussée par le désir, elle sort, s'élance dans les airs avec l'espoir d'y faire quelque heureuse rencontre, ce qui ne manque guère d'arriver, et ce qui suffit pour la rendre féconde pendant plusieurs années.

Revenue à sa demeure, la reine, jusque-là indifférente à la multitude, se voit subitement entourée de soins et d'hommages; mais c'est surtout à l'époque de la ponte, que les ouvrières s'empressent autour d'elle, et vont au devant de ses moindres désirs.

Les œufs sont déposés dans les diverses cellules, en commençant par celles des ouvrières, puis celles des mâles, et enfin celles des femelles. S'il arrive que la reine, pressée de pondre, dépose deux ou trois œufs dans la même cellule, les ouvrières s'empressent d'enlever le surcroît, et elles ne laissent qu'un seul œuf dans le fond de chaque cellule.

Trois jours après la ponte, les larves sortent des œufs; elles sont aussitôt environnées d'une foule d'ouvrières, qui doivent remplir les fonctions de nourrices, et qui leur préparent une sorte de pâtée faite de miel et de pollen. Au bout de cinq jours, pendant lesquels la larve a plusieurs fois changé de peau, les ouvrières font une sorte de petit couvercle au-dessus de l'ouverture de la cellule; la larve file une coque de soie, dans laquelle elle s'enveloppe, et passe à l'état de nymphe; quinze jours après, elle arrive à l'état d'insecte parfait.

Le nombre des œufs qu'une reine pond en vingt jours étant de douze mille, au moins, on comprend que la surabondance d'habitants rend bientôt une émigration nécessaire. Alors un bourdonnement particulier se fait entendre dans l'intérieur de l'habitation; puis une multitude d'abeilles, ayant la reine à leur tête, abandonnent la ruche pour aller fonder une colonie au loin. C'est ce que l'on nomme un *essaim*.

Toutefois, la reine régnante ne se décide à abandonner ses états que lorsque, parmi sa nombreuse progéniture, une nouvelle reine vient de naître.

Ainsi que nous vous l'avons dit, madame, le nombre des cellules ou loges royales étant de seize à vingt, un égal nombre de reines pourraient naître successivement, c'est ce que comprend parfaitement la première née, dont le premier soin, en sortant de sa coque, est de parcourir toutes les loges royales, et de tuer à coups d'aiguillon les larves qui s'y trouvent. Si deux reines naissent en même temps, elles se précipitent avec fureur l'une contre l'autre dès qu'elles peuvent se voir, et aussitôt commence un combat terrible, qui finit presque toujours par la mort d'une des souveraines: l'amour du pouvoir est en elles un sentiment inné, qui les rend impitoyables, et qu'elles conservent pendant tout le temps de leur existence.

Que d'impénétrables mystères en un si frêle individu! où donc, sous une si petite enveloppe, sont placés les siéges de tant de facultés intellectuelles, de passions si diverses et si ardentes? Dieu seul le sait.

Souffrez, madame, que nous terminions ce récit par une des plus curieuses observations du savant Hubert.

« Nous introduisîmes dans une ruche une reine très-féconde dont nous avions peint le corselet pour la distinguer de la reine régnante; il se forma très-vite un cercle d'abeilles autour de cette étrangère; mais leur intention n'était pas de l'accueillir ou de la caresser, car, insensiblement, elles s'accumulèrent si bien autour d'elle, et la serrèrent de si près, qu'au bout d'une minute elle perdit sa liberté et se trouva prisonnière. Ce qu'il y a de très-remarquable, c'est que, en même temps, d'autres ouvrières s'accumulaient autour de la reine régnante et gênaient tous ses mouvements. Nous vîmes l'instant où elle allait être enfermée comme l'étrangère. Evidemment les abeilles prévoyaient le combat que les reines allaient se livrer et elles étaient impatientes d'en voir l'issue, car elles ne les retenaient prisonnières que lorsqu'elles paraissaient vouloir s'écarter l'une de l'autre; et si l'une des deux, moins gênée dans ses mouvements, semblait vouloir se rapprocher de sa rivale, toutes les abeilles qui formaient les massifs s'écartaient pour leur laisser l'entière liberté de s'attaquer; puis elles revenaient serrer de nouveau les deux adversaires, si elles paraissaient disposées à fuir. Enfin l'attaque commença : les deux reines se prirent corps à corps; chacune d'elles saisit dans ses dents les antennes de son ennemie; elles n'avaient qu'à replier l'extrémité postérieure de leur corps pour se percer réciproquement de leurs aiguillons, et alors toutes deux seraient mortes; mais au lieu de se frapper, elles se séparèrent, et s'enfuirent chacune de son côté. Il semble que la nature s'oppose à ce que ces duels entraînent la mort des deux combattants. »

Tout drame a sa péripétie; toute histoire a sa fin; voici celle de l'histoire des abeilles :

Vers le mois d'août, époque où la formation des essaims a complétement cessé; à jour fixe, et au même instant, les ouvrières d'une même habitation se précipitent en masses furieuses sur les mâles, les chassent de tous les rayons et en font un horrible massacre. Dans la rage qui les anime, elles les saisissent avec leurs mâchoires, les tirent en sens divers, et enfoncent à coups redoublés leur aiguillon dans l'abdomen de ces malheureux, qui étendent les ailes avec un tremblement convulsif et expirent sans défense.

Voilà bien des choses difficiles à croire tout d'abord, madame, et pourtant ce sont autant de vérités irrécusables. Les mœurs des abeilles en offrent très-probablement de plus extraordinaires encore, mais qui, jusqu'ici, n'ont pas assez de certitude pour que nous vous les donnions comme articles de foi. Et nous ne nous en plaignons pas, car il ne tiendra qu'à vous, belle savante, de compléter cette histoire par des observations nouvelles. Que pourrait avoir de caché pour vous la nature, qui vous a traitée en enfant gâté?

NEUVIÈME LETTRE

Enfin, madame, nous voici arrivés à cet ordre, doublement charmant pour nous, puisque c'est à lui que nous devons la joie de vous écrire. Sans les papillons, sans le désir de connaître l'histoire de ce peuple ailé que ses brillantes parures ont fait naître en vous, nous n'eussions pas eu le bonheur de contribuer aux plaisirs qui charment votre solitude.

Mais ici grand est notre embarras, à raison des limites que vous nous avez imposées, et plus que jamais nous allons être dans la nécessité de ne mentionner que les espèces les plus remarquables de chaque genre. Toutefois, jolie récluse, vous n'y perdrez rien; car si la collection de papillons la plus nombreuse est aussi la plus agréable à l'œil, la nomenclature complète des genres, sous-genres, espèces et variétés de cet ordre, ne saurait être qu'aride et fastidieuse.

Vous savez déjà, madame, que ces jolis insectes qui composent l'ordre des

LÉPIDOPTÈRES

n'arrivent à l'état d'insectes parfaits qu'après avoir subi plusieurs métamorphoses; nous ne reviendrons donc pas sur ce point. Seulement, comme certains amateurs élèvent des chenilles en vue de se procurer des papillons sans être obligés de courir à leur chasse, nous devons vous dire que les chenilles ayant moins de huit pattes ou plus de seize, ne produisent que des mouches.

Les **LÉPIDOPTÈRES** sont divisés en trois familles :

Les DIURNES ou *papillons de jour;*

Les CRÉPUSCULAIRES ou *papillons-bourdons;*

Les NOCTURNES ou *papillons de nuit.*

La famille des diurnes comporte huit genres : les *papillons* proprement dits. Tête grosse, palpes très-courts, antennes allongées, ailes robustes (*fig.* 1).

A ce genre appartient le *papillon Machaon*, un des plus grands que nous ayons en France (*fig.* 2). Il est d'un jaune

Fig. 1. *Fig.* 2. *Fig.* 3.

brillant. Les ailes supérieures ont, à leur naissance, une grande tache noire parsemée de poussière jaune et terminée, vers le tiers de l'aile, par une petite bande noire. La femelle est plus petite que le mâle, ce qui est une exception parmi les papillons. Au printemps et à l'automne, ce bel insecte est, aux environs de Paris, l'hôte des jardins, des bois, et surtout des champs de luzerne, océan de verdure où il aime à se jouer, où il se repose avec délices. Puis viennent le *grand porte-queue* avec ses ailes jaunes tachetées et rayées de noir; le *flambé*, l'*arjuna* (*fig.* 3).

Les *piérides*, second genre, se reconnaissent à leurs palpes inférieures presque cylindriques, à leurs antennes en forme de massue ovoïde. On remarque dans ce genre la *piéride gazée* dont les ailes arrondies sont transparentes, et d'un vert tendre, avec des nervures noirâtres; et la *piéride aurore* dont le dessus des ailes est moitié blanc, moitié aurore, marqué vers son milieu d'un point noir; le sommet est également noir, entrecoupé de blanc vers le bord antérieur.

Les *coliades*, troisième genre, se reconnaissent à leurs palpes inférieures très-comprimées, avec le dernier article beaucoup plus court que le précédent, et par des antennes, dont la massue forme un cône allongé et renversé. Nous citerons parmi les espèces de ce genre le *coliade souci* dont les ailes, d'un beau jaune, sont marquées d'un point rougeâtre sur le milieu.

Parmi les *polyommates*, quatrième genre, qui se distinguent par de petites taches qui semblent des yeux sur leurs ailes, *l'argus bleu* mérite une mention particulière: ses ailes, d'un bleu d'azur, changeant en violet tendre, sont bordées d'une raie noire et d'une frange d'un blanc de neige dont l'effet est des plus agréables.

Chez les *nymphales*, cinquième genre, dont les antennes se terminent en massue allongée, le premier rang appartient de droit au *jasius*, charmant insecte aussi grand que le machaon, que les habitants des rives du Bosphore appellent *le pacha à deux queues*. Il est d'un brun chatoyant; le bord des premières ailes est longé par une bande fauve, finement liserée de noir à son côté externe. Il se montre dans tout le bassin de la Méditerranée, en juin et en septembre.

Les *argynnes*, sixième genre, ont les palpes inférieures peu comprimées; la face antérieure de leurs deux premiers articles est presque aussi large que leurs côtés. L'espèce la plus intéressante de ce genre est incontestablement le *petit nacré*, un des plus jolis papillons qui se trouvent aux environs de Paris. Il est de couleur fauve au-dessus, avec des taches noires sur le reste de la surface. Le dessous des premières ailes diffère du dessus par leur extrémité qui est ferrugineuse, avec sept ou huit points argentés. Les secondes ailes sont jaunes en dessous, avec une trentaine de taches nacrées et de grandeur inégale.

Les *vanelles*, septième genre, diffèrent des genres précédents par leurs antennes terminées brusquement par un bouton court de forme ovoïde. Le roi de ce genre est sans contredit le *paon de jour*. Le dessus de ses ailes est d'un fauve rougeâtre, avec une grande tache en forme d'œil sur chacune. Ce papillon, qu'on trouve dans toute l'Europe, semble particulièrement attaché aux lieux qui l'ont vu naître; il ne s'écarte guère de son berceau, et il en chasse les autres papillons comme un maître jaloux, comme un potentat qui ne souffre pas d'étrangers dans son empire.

Le genre *satyre*, huitième et dernier de la famille des

DIURNES, est surtout reconnaissable aux nervures de ses ailes inférieures, renflées à leur origine; les pieds, très-petits ou très-velus, sont fortement repliés. Au *satyre sylène* appartient le premier rang dans ce genre. C'est un bel insecte dont les ailes sont d'un brun noir en dessus, avec une bande blanche située vers le bord postérieur. Cette espèce affectionne les lieux secs et pierreux.

Sans doute, Madame, toutes ces descriptions sont bien monotones; c'est ici que l'oreille du professeur se montre, malgré tous ses efforts pour la cacher. Hélas! c'est que le malheureux n'a plus la ressource des aventures. Certes, pour toutes les intelligences d'élite comme la vôtre, très-chère recluse, il y a dans ces variétés de formes, de dessins, de couleurs, des merveilles infinies; mais les mœurs de ces individus si divers sont à peu près uniformes et les classiques l'ont dit avant les fantaisistes :

L'ennui naquit un jour de l'uniformité.

Ce n'est pas qu'il ne se déroule çà et là, parmi les individus des divers genres, des drames intimes, mais sur ce point le professeur cède le pas au conteur : à tout seigneur tout honneur. Que le conteur conte donc, tandis que nous allons de nouveau explorer, observer, constater et libeller.

La seconde famille des **LÉPIDOPTÈRES** se compose, ainsi que nous l'avons dit, des CRÉPUSCULAIRES, lesquels ont été divisés en plusieurs genres ou sous-genres, mais que nous rangerons ici pour plus de simplicité, en un seul groupe, sous leur dénomination primitive de *sphinx*.

On distingue dans ce groupe, comme espèces : le *sphinx tête de mort*, le plus grand qui se trouve en France, et qui tire son nom d'une tache jaunâtre qu'il porte sur le thorax et qui a la figure d'une tête de mort ; puis viennent le *sphinx de la vigne*, le *sphinx du laurier rose*, le *sphinx du pin*, etc., etc., qui tous ne s'élancent dans les airs qu'après ou très-peu de temps avant le coucher du soleil.

La famille des NOCTURNES forme, comme celle des CRÉPUSCULAIRES, un seul groupe d'espèces, primitivement appelées *phalènes*. Une particularité de ces insectes qui ne volent que la nuit, c'est qu'ils se heurtent à tous les corps qui se trouvent sur leur passage, ce qui fait supposer que ce n'est point l'organe de la vue qui sert à les diriger, mais celui de l'odorat.

Tous les individus de cette famille sont caractérisés par la présence de crins aux ailes, qui tiennent celles-ci bridées dans le repos, comme celles des *sphinx;* ils diffèrent de ces derniers par la forme des antennes qui sont semblables à des soies et vont en diminuant de grosseur de la base vers la pointe.

Une des espèces les plus remarquables est le *grand paon* ou *paon de nuit*, le plus grand des lépidoptères qui se trouvent dans nos climats; il a jusqu'à quinze centimètres d'envergure. Ses ailes sont rondes, d'un brun saupoudré de gris; chacune d'elles présente sur son milieu une sorte d'œil noir, coupé par un trait transparent, entouré d'un cercle d'un fauve obscur, d'un demi-cercle blanc, d'un autre rougeâtre, et enfin d'un cercle noir. Son corps est brun avec une bande blanchâtre en avant.

C'est aussi à la famille des nocturnes qu'appartient cet insecte précieux, si connu sous le nom de *ver à soie*, et que les naturalistes appellent *bombyx du mûrier*. C'est à cet intéressant insecte que vous devez, madame, les riches étoffes de soie, les délicieux rubans et une foule d'autres objets charmants qui s'accordent si bien avec l'éclat de votre beauté.

Le ver à soie est originaire des provinces septentrionales de la Chine. Selon le célèbre naturaliste Latreille, la ville de Turfan, dans la petite Bucharie, fut longtemps l'entrepôt des soieries de la Chine; mais les Huns ayant expulsé les naturels du pays, c'est d'une de leurs colonies, répandues dans l'Inde, que des missionnaires grecs transportèrent, du temps de Justinien, les œufs du ver à soie à Constantinople. Sa culture passa, à l'époque des premières croisades, de la Morée en Sicile, au royaume de Naples. Ce n'est que sous Henri IV que l'on commença à s'en occuper en France.

Cet insecte est trop généralement connu pour que nous en faisions ici la description; vous savez, madame, que sa chenille se nourrit des feuilles du mûrier, qu'elle se file une coque ovale d'un tissu serré de soie très-fine, le plus souvent d'un beau jaune, et quelquefois blanche; c'est dans cette coque qu'elle se métamorphose en nymphe, puis en papillon blanchâtre, avec deux ou trois raies obscures et transverses, et une tache en croissant sur les ailes supérieures.

Enfin, madame, c'est à la famille des nocturnes qu'appartiennent les papillons connus sous le nom d'*écailles*, dont la chenille dépouille les bois entiers de leurs feuilles; les *noctuelles*, les *pyrales*, etc., qui sont trop peu intéressants, pour que nous vous donnions l'ennui d'en lire la description.

Mais il ne suffit pas de connaître les papillons pour les ranger par familles, genres, et en faire des collections, il faut savoir leur faire la chasse, les prendre sans les endommager, et les préparer de manière à ce qu'ils conservent leurs formes et leurs couleurs. C'est ce dont nous nous occuperons, après vous avoir entretenue dans nos prochaines lettres des sept derniers ordres de l'entomologie, dont plusieurs, à raison du cadre dans lequel nous devons nous renfermer, ne méritent qu'une simple mention.

DIXIÈME LETTRE

Bien que le sixième ordre, celui des

HÉMIPTÈRES,

comprenne cinq familles qui, presque toutes, comptent un assez grand nombre de genres, nous nous serions contenté, à son endroit, d'une simple nomenclature, si, à côté de quelques genres, qu'un immense amour de la science peut seul faire aborder de pied ferme, comme les *punaises*, les *réduves*, les *nèpes* (*fig.* 3), ne se trouvaient les *cigales*, les *fulgores* et les *cochenilles* (*fig.* 1, cochenille mâle; *fig.* 2, cochenille femelle),

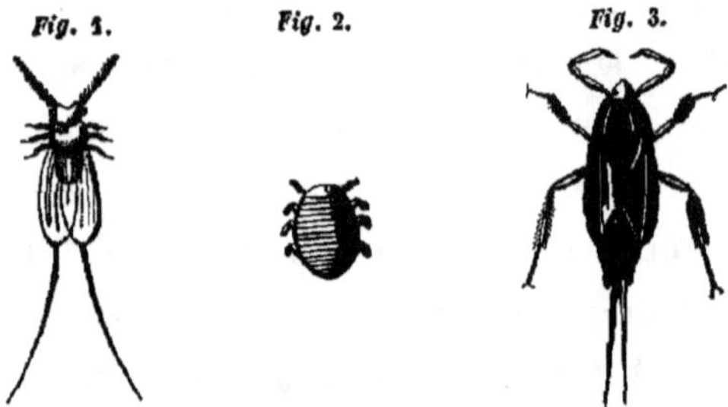

auxquelles nous devons cette belle couleur de pourpre, dont l'art de la teinture tire un si grand parti.

Les cinq familles composant cet ordre sont :

Les GÉOCRISES, qui se distinguent par des antennes découvertes, plus longues que la tête, et par trois acticles aux tarses;

Les HYDROCRISES, vivant dans les eaux, dont les antennes sont cachées sous les yeux;

Les CICADAIRES, distingués par la présence de trois articles aux tarses, et par une tarière dentée en scie à l'extrémité de l'abdomen, chez la femelle seulement;

Les PUCERONS ou OPHIDIENS, ayant deux acticles aux tarses, et sur la tête deux longues antennes; famille de petits insectes, dont les individus ont toujours deux élytres et deux ailes;

Les GALLINSECTES, n'offrant aux tarses qu'un seul article, et qui assimilent leurs corps aux gales qui naissent sur les végétaux;

C'est à la famille des GÉOCRISES qu'appartiennent toutes les espèces de *punaises*, dont nous vous avons rapporté quelques particularités dans une de nos premières lettres. Les *réduves*, insectes à peu près semblables aux punaises, et qui portent un aiguillon, dont la piqûre cause une vive douleur et un engourdissement presque semblable à la paralysie.

Les *nèpes* (*fig.* 3 ci-dessus), qui forment un genre de la famille des HYDROCRISES, sont des insectes aquatiques qui ont quelque ressemblance avec les punaises, ce qui leur a fait donner le surnom de *punaises d'eau*.

Les *cigales* composent un genre de la famille des CICADAIRES. On peut se faire une idée assez exacte d'une cigale, en se figurant une mouche ordinaire qui aurait à peu près trois centimètres de long. La tête est courte, large, terminée de chaque côté par de gros yeux globuleux; au sommet sont trois yeux lisses en triangle, et les antennes sont insérées entre les yeux.

Le chant de la cigale s'exécute au moyen d'un curieux appareil qui n'existe que chez les mâles, et qui est placé de chaque côté, dans le premier segment de l'abdomen, au milieu d'une cavité divisée en deux loges par une cloison écailleuse. Le fond de cette cavité est fermé par une membrane presque aussi transparente que du verre. Dans deux autres cavités contiguës aux premières sont deux petites membranes plissées, que l'animal peut tendre et relâcher rapidement, au moyen de muscles très-puissants; c'est le mouvement de ces membranes, appelées timbales, qui fait le chant de la cigale.

Les cigales passent par les deux états de larves et de nymphes, avant d'arriver à l'état d'insectes parfaits. Les nymphes s'enfoncent dans la terre à huit ou dix centimètres de profondeur; elles restent pendant un an en cet état, et n'en sortent que lorsque les chaleurs de l'été commencent à se faire sentir; elles montent alors sur les arbres, se débarrassent de leur enveloppe et se montrent sous les formes qu'elles doivent conserver.

Les *fulgores*, qu'on ne trouve guère qu'en Chine et aux Indes, appartiennent à la même famille que les cigales, et ressemblent beaucoup à ces dernières; elles sont surtout remarmarquables par la propriété qu'elles ont de briller d'un éclat phosphorique dans l'obscurité pendant la saison de leurs amours. Cette clarté est telle qu'on peut lire à son aide l'écriture la plus fine. Rien n'est si merveilleux, dit un voyageur, que le spectacle qu'elles offrent dans les nuits les plus sombres; on les voit fendre les airs comme des fusées étincelantes, parcourir les champs comme des brandons de feu, ou, lorsqu'elles voltigent de fleur en fleur, briller comme ces torches enflammées que la crédulité du vulgaire lui fait apercevoir errant sur nos champs de mort.

Un mot sur les *cochenilles*. L'histoire de ces insectes (*fig.* 1 et 2, ci-dessus), a été longtemps inconnue; on croyait généralement, avant la fin du XVIIe siècle, que la cochenille, répandue dans le commerce pour la composition des couleurs, était une graine. Ce ne fut qu'en 1692 que le père Plumier reconnut que c'était un insecte.

Les cochenilles sont extrêmement petites, et diffèrent, quant à la forme, selon les sexes ; les mâles ont le corps allongé, deux ailes beaucoup plus longues que le corps, et aucun organe visible, avec lequel on puisse supposer qu'ils prennent leur nourriture. Les femelles, au contraire, ont le corps ovale, sont privées d'ailes, mais pourvues d'un bec renfermant trois soies qui forment un suçoir, avec lequel elles pompent le suc des végétaux. La naissance de ces curieux insectes est signalée par un phénomène des plus extraordinaires ; les femelles se fixent pour jamais sur certains végétaux ; là, leur corps s'accroît insensiblement ; il perd peu à peu sa forme, au point de ressembler à une gale. C'est alors que la fécondation s'accomplit ; et bientôt après a lieu la ponte des œufs, qui est très-considérable. Ces œufs glissent au-dessous du corps de la mère, qui elle-même se dessèche, et laisse peu à peu s'évanouir ses formes animales, pour n'être plus qu'une sorte de coque destinée à protéger ses petits. C'est une singulière transformation qui a valu aux individus de cette famille le nom de *gallinsectes*.

Nous voici, madame, bien près de la fin de la douce tâche que vous nous avez imposée, les six ordres dont il nous reste à vous parler étant les moins importants de tous. Ils seront le sujet de notre prochaine lettre. Nous tâcherons qu'ils ne vous causent pas trop d'ennui, et nous espérons y parvenir, — rien dans la nature ne pouvant être absolument indifférent à l'esprit supérieur dont votre amour pour la solitude prive depuis trop longtemps le monde.

ONZIÈME LETTRE

L'ordre des RHIPIPTÈRES ne différant presque en rien de celui des

DIPTÈRES,

nous avons cru pouvoir, — à l'exemple de plusieurs savants naturalistes, — les réunir en un seul ordre comprenant cinq familles, savoir :

Les NÉMOCÈRES, — à antennes composées de quatorze à seize articles ;

Les TANYSTÔMES, — n'ayant que deux ou trois articles aux antennes, et pourvus d'une trompe saillante ;

Les NONACANTHES, — qui ont, soit une trompe très-courte avec deux grandes lèvres, soit très-longue en forme de siphon, et logée sous un museau avancé en forme de bec et portant des antennes;

Les ATHÉRICÈRES, — dont la trompe se retire totalement dans l'intérieur de la bouche;

Les PUPIPARES, — dont la trompe naît d'un petit bulbe situé dans la bouche.

A la première de ces familles appartiennent le genre des *cousins* et celui des *tipules* (*fig.* 1).

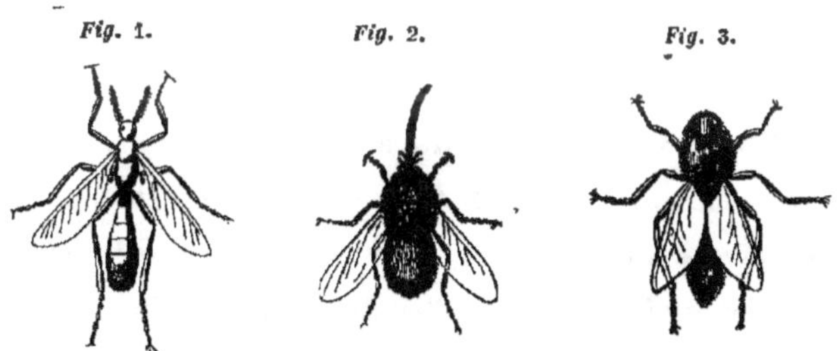
Fig. 1. *Fig.* 2. *Fig.* 3.

Vous savez déjà, madame, que les œufs de ces malfaisants insectes appelés *cousins* naissent sur la surface des eaux, où la femelle les dépose réunis en une seule masse en forme de bateau. C'est en dessous et du côté submergé que la larve pratique, pour sortir, une ouverture à sa prison. Elle nage ensuite avec vivacité, s'enfonçant de temps en temps, et revenant fréquemment à la surface de l'eau pour respirer. Ces larves passent bientôt à l'état de nymphes, puis à celui d'insectes parfaits. Cette dernière métamorphose, ne s'opère pas sans que le cousin coure un grand danger; — lui qui, à l'état de larve, ne pouvait en quelque sorte vivre que dans l'eau, serait anéanti si, à l'état parfait, l'eau touchait son corselet. Mais la nature a tout prévu ; et l'insecte, qui sort de son enveloppe de nymphe avec des soins infinis, des manœuvres merveilleuses, va poser ses tarses sur l'eau, qui est pour elles un terrain solide. Là, il achève de déplier et de sécher ses ailes ; puis il prend son vol et court les aventures.

Les cousins aiment le suc des fleurs ; mais, — peut-être plus d'une fois, madame, vous en ont-ils donné la preuve dans votre solitude, — c'est surtout de sang qu'ils sont avides, et, de même que les vampires, c'est au milieu des ténèbres de la nuit qu'ils cherchent à assouvir leurs sanguinaires instincts ; ils pénètrent en bourdonnant dans les lieux habités, enfoncent, même à travers les vêtements, leur suçoir dans les chairs des personnes qu'ils peuvent atteindre, et, en même temps qu'ils se gorgent de leur sang, ils distillent dans la plaie une liqueur vénéneuse qui enflamme la blessure et produit un gonflement douloureux.

C'est surtout en Amérique, où on leur donne le nom de *moustiques*, que ces cruels insectes sont redoutables : leur piqûre, dans ce pays, cause des douleurs intolérables, qu'on ne parvient à apaiser qu'en suçant la blessure pour en extraire le venin, et en appliquant dessus ensuite des herbes émollientes bouillies.

Les tipules ressemblent beaucoup aux cousins ; — ils ont les mêmes instincts, et s'ils causent des douleurs moins vives, cela vient uniquement de ce que leur trompe est moins longue et moins forte (*fig.* 1, ci-dessus).

Les genres les plus remarquables de la famille des TANYSTÔMES sont : les *bombilles* (*fig.* 2, ci-dessus), insectes à corps ramassé, velu, assez semblables à la mouche domestique, — et qui, en volant au-dessus des fleurs, du suc desquelles ils vivent, font entendre un bourdonnement semblable à celui de l'abeille ; — les *taons* (*fig.* 3, ci-dessus), sorte de grosses mouches qui attaquent les bœufs et les chevaux pour se repaître de leur sang.

A la famille des ATHÉRICÈRES appartiennent les *œstres*, espèces de mouches entièrement velues qui, de même que les *bombilles*, déchirent la peau des chevaux, des bœufs et d'autres quadrupèdes, non pour se nourrir de leur sang, mais pour déposer leurs œufs dans la plaie qu'elles ont faite. Lorsque ces œufs sont éclos, les larves causant de vives démangeaisons au quadrupède, ce dernier lèche sa blessure ; — les larves alors s'attachent à sa langue, et se trouvent bientôt englouties dans son estomac, où elles vivent à l'aise, au milieu de l'abondance. Lorsque les larves ont ainsi acquis assez de force, elle se dirigent vers l'extrémité postérieure du tube digestif, sortent du corps du quadrupède, et s'enfoncent dans le sol, d'où elles ne sortent qu'à l'état d'insectes parfaits.

Que dire, madame, de la prévoyance de la femelle, qui a deviné que les choses se passeraient ainsi ?

La mouche domestique fait aussi partie de la famille des ATHÉRICÈRES ; — c'est un insecte fort incommode, trop connu pour que nous en parlions longuement, et dont les yeux, au nombre de huit mille, sont la seule particularité remarquable.

Nous passerons rapidement, madame, sur l'ordre des

SUCEURS,

qui n'a qu'une famille et qu'un genre, les *puces* (*fig.* 1, puce

Fig. 1. *Fig.* 2.

grossie). Cet insecte se distingue particulièrement par la force prodigieuse dont il est doué. — Nous avons vu une puce attelée à un petit carosse en ivoire, cocher sur le siége, laquais derrière, personnages à l'intérieur, le tout de même matière, et l'insecte traînait ce véhicule sans efforts. — Une autre particularité de la puce, c'est qu'elle peut demeurer sous l'eau pendant vingt-quatre heures sans périr.

Nous ne ferons que mentionner les *ricins* (*fig.* 2 ci-dessus, ricin grossi), qui vivent sur les oiseaux, et un insecte plus dégoûtant, qui se plaît sur la tête des enfants et sous les haillons de la misère, genres qui composent l'ordre des

PARASITES.

Deux genres composent également l'ordre des

THYSANOURS.

Ce sont les *lépismes*, petits animaux que l'on trouve communément dans les fentes des châssis qui restent longtemps fermés, sous des planches un peu humides, sous des pierres. Ils ont le corps allongé, mou, un peu aplati, et couvert de petites écailles souvent argentées et brillantes, qui les ont fait nommer vulgairement *poissons d'argent;*

Et les *podures* ou *podurelles* (*fig.* 1 ci-dessous, podurelle grossi),

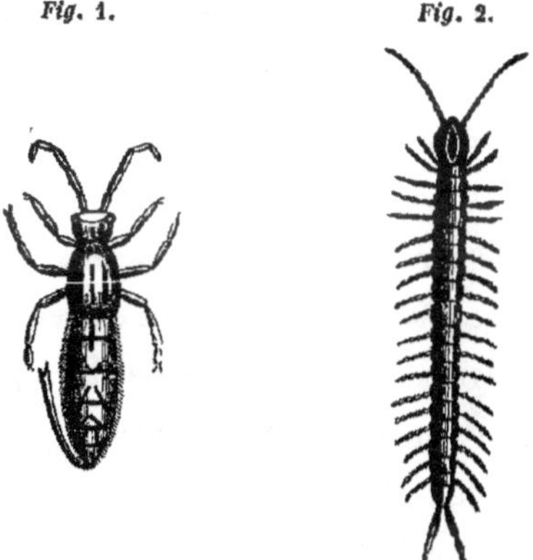
Fig. 1. *Fig.* 2.

insectes qui ne diffèrent guère des précédents, sinon qu'ils sont plus petits.

Enfin c'est aussi de deux genres, les *scolopendres* et les *iules* (*fig.* 2) que se compose l'ordre des

MYRIAPODES,

le douzième et le dernier de la classe des insectes.

Les individus de ces deux genres, qui se ressemblent beaucoup, sont appelés vulgairement *mille-pieds.* Ils fuient ordinairement la lumière, et se tiennent sous les pierres, les vieilles boiseries, sous l'écorce des vieux arbres. La morsure de quelques espèces de cet ordre n'est pas sans danger : telle est celle de la *scolopendre mordante*, commune dans l'Amérique méridionale, qui cause de vives douleurs et est quelquefois mortelle.

Nous déposerions la plume ici, madame, si déjà, comme vous le savez, nous n'avions fait cette réflexion très-judicieuse que, pour étudier les insectes, il faut pouvoir les prendre, ce qui est assez difficile pour quelques-uns d'entre eux, et particulièrement pour les papillons. Nous terminerons donc cette lettre par une sorte de *post-scriptum* traitant de la chasse et de la conservation des individus de ce bel ordre des *lépidoptères*, dont les collections se vendent des prix fabuleux.

On trouve des papillons dans tous les temps, pourvu que le soleil brille et que la température soit douce, mais c'est surtout pendant les mois de juin, juillet, août, septembre, qu'ils sont abondants. C'est alors que se montrent les plus beaux, ceux aux couleurs les plus accidentées. C'est à cette époque aussi qu'il est agréable de faire la chasse à ces beaux insectes qui, sous un ciel bleu, aux rayons d'un soleil splendide, semblent des fleurs ailées impatientes de quitter la terre : chasse qui est, pour les dames, un des plus innocents et des plus charmants passe-temps de la vie de château.

Vous lirez donc notre *post-scriptum*, madame, d'abord parce qu'il est court, et ensuite parce qu'il est utile.

Deux sortes de filets sont employés à cette chasse : l'un, que l'on nomme *échiquier*, se compose d'une espèce de poche en gaze, attachée autour d'un cercle de laiton, et fixée au bout d'un manche léger long d'un mètre et demi (*fig.* 1, ci-dessous); l'autre filet ressemble à deux raquettes, dont les longs manches sont croisés, et dont les poches sont également en gaze, de sorte que les deux raquettes en se rapprochant enferment le papillon (*fig.* 2, ci-dessus).

Fig. 1. *Fig.* 2.

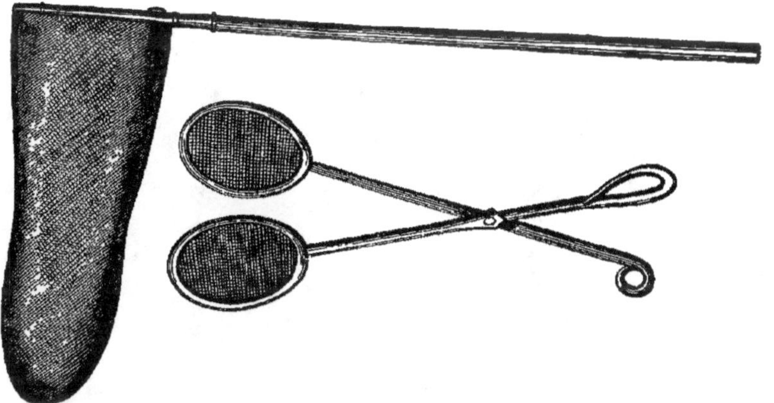

Le premier de ces filets est le plus commode, attendu qu'on peut le manœuvrer d'une seule main, et qu'avec un peu d'habitude il est facile d'empêcher le papillon qui s'y trouve pris de s'en échapper; mais le second est plus convenable pour prendre les papillons au repos, et un chasseur novice est moins exposé avec lui à laisser échapper sa proie. En tout cela, l'exercice est pour beaucoup, et nous connaissons des chasseurs de papillons émérites qui ne prennent ces insectes qu'au repos et avec les doigts.

Il faut en outre au chasseur de papillons plusieurs boîtes de différentes grandeurs, dont le fond doit être garni de liége, afin qu'il puisse y piquer les papillons. Enfin il doit être muni de trois sortes de pinces pour la préparation préliminaire des insectes qu'il pourra prendre.

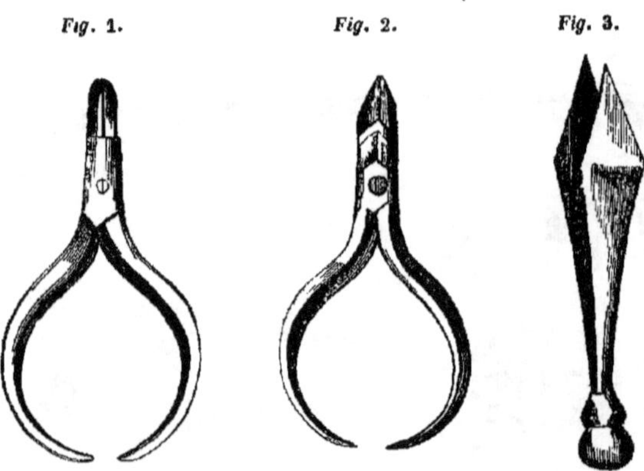

Fig. 1. *Fig. 2.* *Fig. 3.*

Quelques papillons ayant, comme vous l'avez vu, madame, jusqu'à trente-quatre mille yeux, on doit supposer que leur vue est excellente. En conséquence, le chasseur, en poursuivant sa proie, doit s'arranger de manière à ce que l'ombre de son corps et de son filet soient toujours derrière lui.

Si vous avez manqué un papillon de jour, ne le poursuivez pas; il pourrait vous mener bien loin sans se laisser prendre. Restez, au contraire, immobile, et bientôt vous le verrez revenir à la fleur qu'il aura quittée. — Il en est autrement des papillons de nuit : lorsqu'on les a manqués, ils fuient à tire-d'ailes, et ne reparaissent plus.

Le papillon étant pris, on l'arrête dans le filet; on lui donne un léger coup sur la tête pour l'étourdir, ou on lui presse le corselet avec une des pinces dont nous avons parlé, et on le pique dans une boîte avec une épingle très-fine. Il doit mourir dans cette position.

Il s'agit maintenant de conserver les produits de la chasse dans toute leur pureté. Pour cela, il faut les étaler à l'aide des pinces, et leur donner à peu près l'attitude qu'ils avaient en volant, ce qui ne peut se faire qu'autant qu'ils ont conservé leur souplesse. S'il en était autrement, il faudrait les faire ramollir en les touchant légèrement à la base des ailes avec un petit pinceau trempé dans de l'esprit de vin.

Pour étaler les papillons, on sert de planchettes en bois blanc, au milieu desquelles est pratiquée une rainure dont la profondeur et la largeur doivent être proportionnées à la taille du corps des individus. On pique le corps dans cette rainure ; on étale les ailes, et on les comprime avec deux bandes de papier dont on arrête les extrémités sur le bois avec des épingles assez fortes, et l'on arrange ensuite les pattes, les antennes et la trompe.

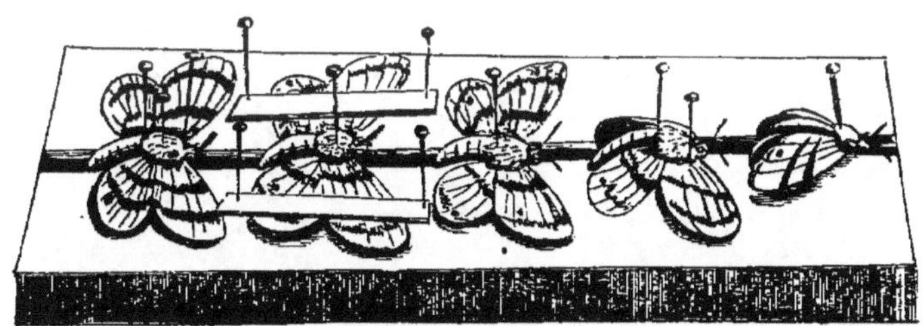

Les papillons étant bien étalés, il faut les retirer de dessus la planchette, et les frotter légèrement sous le corps avec du savon mêlé d'un peu d'arsenic; puis on les arrange dans des cadres ou des tiroirs dont le fond doit être tapissé de papier préalablement trempé dans une décoction de plantes amères et séché.

On peut, par ces divers moyens, conserver des collections de papillons pendant un grand nombre d'années; mais il ne faut les exposer ni à l'air ni à la clarté du soleil, sous peine de voir leurs couleurs s'altérer promptement.

Ici, Madame, je termine notre petit traité des insectes, œuvre bien incomplète, sans doute, peu digne de son heureux destin, et que toutefois nous croyons suffisante en ce qui concerne la théorie.

Quant à la pratique, vous êtes admirablement placée pour vous y livrer avec fruit. Si cependant, charmante solitaire, vous pensiez qu'un peu d'aide vous fût nécessaire, le professeur serait trop heureux de jeter sa robe aux orties pour n'être plus que l'humble collaborateur de son élève; — et cette faveur serait la plus douce récompense des efforts qu'il a faits pour vous plaire.

FIN.

TABLE DES MATIÈRES

CONTENUES DANS CE VOLUME

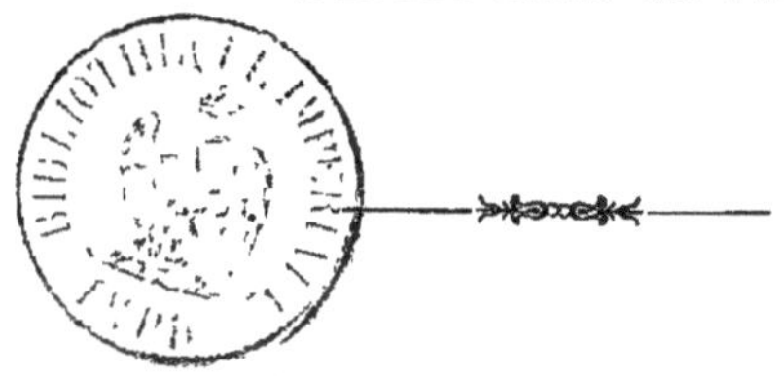

PLACEMENT DES GRAVURES

CONTENUES DANS CE VOLUME

1852. — DE SOYE, IMPRIMEUR, RUE DE SEINE, 30. — PARIS.

www.ingramcontent.com/pod-product-compliance
Lightning Source LLC
LaVergne TN
LVHW010551110826
845149LV00003B/623

* 9 7 8 2 0 1 9 3 2 2 4 4 1 *